纪念中俄建交70周年

谨以此书献给中俄建交70周年

Посвящена 70-летию установления дипломатических отношений между Китаем и Россией!

纪念中俄建交 70 周年

Красноклювая чайка с кольцом
戴指环的红嘴鸥

金 鑫 著

敦煌文艺出版社

图书在版编目（ＣＩＰ）数据

戴指环的红嘴鸥 / 金鑫著. -- 兰州：敦煌文艺出版社，2019.8（2021.8重印）
　ISBN 978-7-5468-1757-6

Ⅰ. ①戴… Ⅱ. ①金… Ⅲ. ①长篇小说－中国－当代 Ⅳ. ①I247.5

中国版本图书馆CIP数据核字（2019）第142143号

戴指环的红嘴鸥

金　鑫　著

责任编辑：张家骝
装帧设计：马吉庆

敦煌文艺出版社出版、发行
地址：（730030）兰州市城关区读者大道 568 号
邮箱：dunhuangwenyi1958@163.com
博客（新浪）：http：//blog.sina.com.cn/lujiangsenlin
微博（新浪）：http：//weibo.com/1614982974
0931-8773148（编辑部）　0931-8773112（发行部）

北京一鑫印务有限责任公司印刷
开本 880 毫米×1230 毫米　1/32　印张 5.5　插页 8　字数 130 千
2019 年 9 月第 1 版　2021 年 8 月第 2 次印刷
印数：3 001~5 000

ISBN 978-7-5468-1757-6
定价：38.00 元

如发现印装质量问题，影响阅读，请与出版社联系调换。
本书所有内容经作者同意授权，并许可使用。
未经同意，不得以任何形式复制。

人的情思传递在蓝天之上、白云之中，
夹裹在太阳的光束里、月色的皎洁中，
唯红嘴鸥是我情思的使者、书信、意念风……

目 录

第一章　　魂牵鸥绕 / 3

第二章　　白桦巧合 / 8

第三章　　初涉异乡 / 14

第四章　　伊州探市 / 21

第五章　　松林立业 / 28

第六章　　英雄救美 / 37

第七章　　执着熊侠 / 43

第八章　　佳女寄宠 / 48

第九章　　情系宏业 / 53

第十章　　往事如烟 / 58

第十一章　兽情鸟语 / 65

第十二章　宏图大展 / 75

第十三章	记忆历史 / 82
第十四章	锦上添花 / 88
第十五章	极地肝胆 / 95
第十六章	鸥屋泣歌 / 103
第十七章	故地学技 / 113
第十八章	昆湖续缘 / 122
第十九章	大熊重生 / 127
第二十章	异国情长 / 137
第二十一章	再回西部 / 146
第二十二章	创新不竭 / 156
第二十三章	喜庆连连 / 164
尾声	一言未尽 / 169

后记

我用远久的情丝去放飞翱翔在梦忆天际中的一个个美妙精灵……

——作者

第一章 魂牵鸥绕

昆城滇池路，车子不快不慢地行进着，后排的我斜靠着，微微闭着眼睛，感受着瞬间的闲暇。

时不时地，我会低声催促一下司机毛毛："能不能再快一些。"

平日里并不多语的毛毛，今天，被我多次催促，叛逆地低声回了一句："已经够快了。"

的确，限速路段，车多人挤，车速已经够快了，如果再开得快些，可能会超速，就该吃罚单了。

无奈间，我从储箱里拿出一支雪茄，毛毛摁了一下点火器，遐想便随着青烟缥缈，云里雾里，朦胧似花。

车子拐过最后一道弯就进了昆城滇湖景区。

远远望去，昆城湖水如姗姗来迟的少女一般出现在了眼前。不知为何，我那颗微微躁动不安的心反而变得平静下来了，两眼直勾勾地看着前方，任由思绪荡漾。

"董事长，到地方了，请下车。"毛毛回头提醒了一句，将我从这种思绪之中拉了回来。我没应声，默默地开了车门下车，朝毛毛挥了下手，车子缓缓从我面前离开。

初冬的黄昏，这里的确比别的地方暖和得多，迎面吹来的湖风就如那少女的纤指抚摸着脸颊，让人感觉阵阵温暖，可那肌肤下隐藏已久的丝丝疼痛萦绕我的心间。

在风的拂动下，湖水微微泛起涟漪，荡漾着推出一道道波纹，一波接一波不停地推向远方，最后在遥远的地方消失。

这景观和残红的夕阳形成了一个交点，能让人产生一种迷妙的幻觉，仿佛，这涟漪就是从夕阳之中抖搂出来的。

"秋水共长天一色"。也许这句经典的诗句只是用错了季节，却用对了地方——昆城深冬如秋。

黄昏，游客骤减，偶尔走过的几个人也都是上了岁数的当地老人，晚饭后出来散步消食的。

他们的脸上都带着淡淡的笑容，言谈举止间带着一股恬淡的悠闲气息。

我静静地依偎在栏杆上，捏着那燃剩半支的雪茄，目光久久地望着滇池湖水和湖面上那数不尽的红嘴鸥。

我轻轻念道：

云昆千般美，
仙池万顷波。
隔岸绩三宝，

几度下西洋。

鸟女睿魅浓，

情系君心中。

……

　　我自喻是个下北洋的俗人儿，可每每到了滇池，隔岸眺望，总觉得与那郑公三宝相似而不相及，相像而不相比，相意而不相礼……

　　文化是同样的文化，民族是同样的民族，历史是同样的历史，差异只是时代不同罢了。

　　对岸晋宁的三宝故地，那护堤，那山坡，那村落，还有那同样味道的湖水……

　　就在我这么比算着、思谋着、感受着的时候，司机毛毛拿着雪茄烟盒走到身旁，从我的手中将那半支雪茄烟拿走，剔灭，我才如梦方醒。

　　我急忙从衣兜里掏出了一把碎米，刹那间红嘴鸥便团团围住了我，落在我的肩上、头上、臂膀之上，很多很多，拥挤着争相啄食我手中的碎米。

　　我轻轻地将碎米挥洒出去，瞬间，鸥翅飞舞，红嘴轻鸣，一场绚丽的鸟之芭蕾，一簇盛开在天际的羽翼花卉，展示在我的眼前。

　　令人惊奇的是唯有一只黑羽头顶（红嘴鸥在成熟期才会有

黑羽头顶，繁育期后，幼鸟成熟时，黑羽便自动褪去）的红嘴鸥停留在我的肩膀上，久久不肯离去。

回头望去，我惊喜地发现，它竟是一只戴着指环的雌鸥。

我轻轻地抚摸着它的羽翼，拨弄着它的红嘴……清脆的一声嘶鸣，它挥翅而去，而这鸣叫声已透进了我的心扉，勾走了我压抑许久的情魂。

飘凌于天际，直上于青云，渐渐……落在了那个季节、地点、时空，完全无视自然法则的存在，直到我见到了那人儿为止。

这一次，我又见到了她的笑容，不！应该说，是鸥的轻鸣声抽走了我的情魂。

红嘴鸥，这种穿越于中国与俄罗斯之间的候鸟，往来于西伯利亚大森林和昆城之间的精灵，一生忙于季节变迁的奔波，稍息于百忙之中的短暂停留，它代表的也许是言语与文字都无法形容的"哀伤"，可能只有我才这样认为。

这种俗名水鸽子学名红嘴鸥的候鸟，根本有别于高尔基笔下的海燕。它是那么的小巧、纤瘦、脆弱，生命短暂。而在我的心目中，它却可比苍鹰、大鹏、天鹄，久居脑海之中而不可忘却。

红嘴鸥之所以让我记忆犹新，不是因为高尔基的那篇赞歌，也不是因为它们有什么华丽的外表，而是因为我更喜欢它们那种不知疲惫的永恒往来，似一种当代鹊桥，或是一种漂浮在天际的爱情符号。

毛毛停好车出现在我面前，打断了我的思路。他身材瘦高，

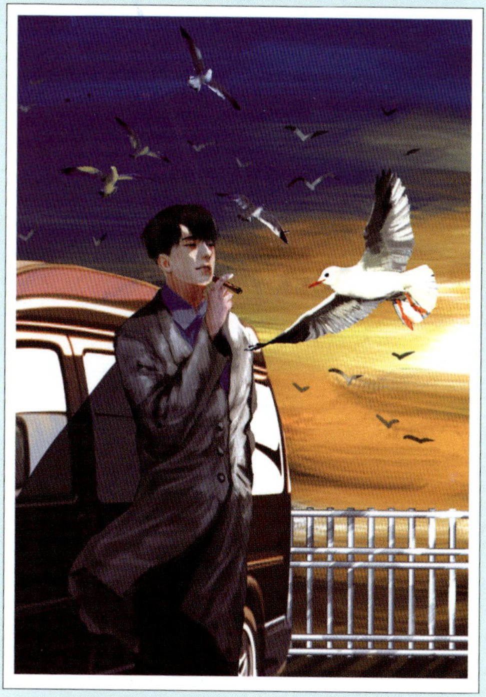

Красноклювая чайка
с кольцом
戴指环的
红嘴鸥

一身休闲装扮，手里提着一袋颗粒鸟食，在我点头示意之下，径自去了湖边，将袋子里的食物大把大把地撒向天空。那些静栖湖面上的红嘴鸥又变得热闹起来，扑棱扑棱争先恐后地飞聚而来，带着发现食物时特有的欢鸣，将空中的食物轻啄入嘴。

我面带微笑，一动不动地站在那儿，认真地察看着，寻觅着，想再次寻找到那熟悉的身影和烙痕般的指环——那只披着婚纱的新娘。

二十多年一晃而过，那熟悉的，无数曾经戴着指环的红嘴鸥们，你们还在么？还好么？

二十年，对于人类而言，已很漫长，茫茫天际百鸟争鸣，我的鸥们哪里去寻？

"董事长，外面风大，您还是去车里吧！"毛毛来到了我的身边，提着那早就撒空了的袋子，说着，走着。

说实话，我实在不想离去，在车笛的催促下，我郁郁地回到车上，可我的思绪、我的心、我的情、我血液流动的那种轻颤，依旧停留在那堤岸、那绿波、那淡暮、那无数飞翔在天空的精灵的低鸣之中，依旧隔窗认真地察看着，许久、许久……

车子启动，向着城区驶去。几天的劳顿让我微微感到有些疲惫，可是像我这样的人，闲暇时总会感慨点什么。

人们常说，万事开头难，百章开篇难。今天，那一只只无法逝去的鸥影又怎能不是飞来的神采，让我去说，让我去想，让我去写，让我去思念？

第二章　白桦巧合

我是从西部苦学出来的孩子，先天不足——在那场"史无前例"的动荡中，我这个"牛鬼蛇神的狗崽子"没有取得上高中的权利，失去了学习的机会。

恢复高考的第一年，我输在了起跑线上，之后，我又自学了两年才考上了一所普通大学。

非名牌大学让我不自觉地感到深深的缺憾，怀揣着梦想的我一次又一次地选择着什么？

第三门外语、国际贸易、经济师资格证、营养师资格证……没两年时光，我怀里便揣着厚厚一沓证书。

就这样，刚刚兴起的"边贸"又成为了我向往的梦想。我向单位递上了停薪留职的申请，在领导和同事们的一片惋惜声中，如同一只久居笼中的小鸟儿，自由地飞向了天空，跳进了改革开放的大潮。

临行前几天，我去买了厚厚一摞当年出版的《读者文摘》，塞进了我的双肩包。亲人和朋友们都不解地问："你买这么多同一年的《读者文摘》干什么呢？不嫌重吗？你看你包里又是毛笔，又是墨块，又是埙的。"

我轻轻地笑着回答说："毛笔字到任何地方都得练，要不然妈妈会打我的。不带笔、不带墨，怎么写？怎么练？埙是我用来解闷的宝贝儿，心烦时吹吹它。至于杂志嘛，第一，这一年里采用了我的一篇文章；第二，如果我遇到了好朋友、志同道合者，我也可以送他们几本；第三，最关键的一点，我要把这书中的故事、西部的发展和家乡的变化讲给那边的朋友们听……"

谁曾想，许多年以后，这本杂志竟成了我妻子一直珍藏的压箱之宝。

那一天，性格内向的我，静静地坐在边贸洽谈会应聘席位中最不显眼的角落里，独自翻阅那本杂志。

任凭形形色色的洽谈者，从我面前走过。我当时的心态是——任由人选。

就这样，整整三天。连一个索要我资料的人都没出现，也没有一个人来咨询过我。

边贸洽谈会结束的那个晚上，白桦市政府宴请各路"神仙"，我也凑数算个"小鬼"，出席了。

会场上，我还是怯怯地坐在了角落里，看着那些异国的客商们在我面前来来往往。

我呆呆地坐在那儿，模仿着他们的言谈举止。

"……这个项目非常好,在远东会很好地发展起来……"

"嗨!伊万,你找到对口的客户了么?"

"维雅,你这两天太美了!赚足了所有白桦市男人的眼球……"

就在我目不转睛地盯着这些商户时,忽然一只大手重重地拍在了我的肩膀上,只听:"小家伙,我都注意你三天了,别傻坐在那儿只顾看书,跟我进去。"

我一愣,抬头一看,原来是白桦市市长。

他是此次经贸洽谈会的主持人。身后十多个人簇拥着他向宴会厅走去。

哦,天助我也!没想到半道上还有个大人物会关心我这个毫不起眼被冷落的小人物。我眼睛湿润了,轻轻地应说了一声:"谢谢您!"

说话间,就被他手拉着手拽进了宴会厅。

那天,宴会上吃了些什么,我都记不清了,只记得,市长向所有的客人介绍最后一道菜——大白鱼。

"这是满汉全席中的一道名菜,叫咕噜鱼,也叫大白鱼,在北京吃非常昂贵,可是在咱这里,江、湖、河汊,随处可捞。"

"今天,每桌的鱼都在十八斤以上,做法也很考究,先用四肥六瘦肉馅填肚,鱼身正反改斜口刀,再将三寸长、两寸宽的薄片鲜腊肉夹在斜口内,装盘,浇上明油,撒上姜葱,上旺火蒸半个小时,就可出锅。"

"动筷子！动筷子！这味道别提有多美了，百吃不厌，千吃不腻，万般回味，请大家品尝。"

市长的这番介绍，迎来了一片掌声。

"小伙子，来，我给你夹块尝尝。"

随着市长的话音，一大块鱼肉夹进了我的碗里。那块鱼我吃得特别香，那顿饭我吃得特别高兴，让我突然感觉到自己很有地位，很有价值，内心的那种自豪感油然而生。

最让我高兴的，还是市长向在座的所有客商们像介绍大白鱼那样推荐了我，并立马得到了回应。

"我们可以谈谈。"一个悦耳的声音传来，那是一个很美丽的女人，她给我的第一感觉是笑起来更美。在我的学生时代，我从不用"沉鱼落雁，闭月羞花"之类的词语去描述一个漂亮的异性，总感觉，在我见过的女人中，这几个词似乎都被糟蹋了。

可是今天我有些恍惚，将这些词语全都用在这个女人的身上，仿佛还降低了她的美艳。

我们坐在同一张桌子上，虽然隔着四五个人，可依然能嗅到她身上散发出来的那种淡淡的幽香——并让我记住了许多年。

我内心想着，这样的女人才是真正的美颜、真正的秀色、真正的娇爱。

"我要去俄罗斯从商，可还没有找到合适的项目。与其说是去从商，还不如说是去考察，所以需要一个翻译，而这位翻译还要懂得一点点的商业知识。"

"至于报酬方面,可能开始不太理想,以后公司发展了,生意做大了,都好说!"

她的言语显得处处小心,斟酌着一字一句。听闻这番话,我也终于明白为什么之前离开她的人们脸上都是失望——她过于小心翼翼了。

其实,她的这些要求并不高,但要想干好、干出点成绩来、干出点色彩来、干出点味道来,肯定不容易。

一个会俄语的人,加上懂得少许商业知识——这是两种不同的技能,这种类型的人才,在这种规模不太大的商贸洽谈会,应该是找不到几个合适的。

我迟迟没有开口。对于我的犹豫,她莞尔一笑,轻轻地冲着我举了一下酒杯,说道:"若你感觉为难的话,就算了!"

我稍稍愣了一下,轻轻地点了点头,说:"您试着用,不满意的时候只求您给我买一张回程的机票。"

"哈哈哈哈……这小子挺实在,可塑之才啊!我提前祝你们合作成功!"市长在一旁打起了圆场。在座嘉宾纷纷站了起来,举起了酒杯。

我有些痴愣、脸红,还呆呆地坐在椅子上。

市长秘书急急忙忙地从背后跑了过来,扯了扯我的衣服,低声说:"小伙子,赶快起来!也表示表示。"我只好顺从地站了起来,看都不敢看大家一眼,一扬脖,把杯中酒一饮而尽。

饮罢了这杯酒,我忘却了胆怯和羞涩,用俄语唱起了《喀秋莎》:"正当梨花开遍了天涯,河上飘着柔曼的轻纱,喀秋莎站在竣峭的岸上,歌声好像明媚的春光……"

西北尕小伙唱花儿练就的嗓子,把这歌唱得真不错,会场上,响起了阵阵掌声。

那一夜,我出尽了人生的第一次风头。

这正是:

> 改革创业小青年,
>
> 无人问津自悲叹。
>
> 明睿市长把我荐,
>
> 多彩人生道路宽。

那年初秋,白桦市的夜,是那般的静,星星低垂在空中,仿似伸手就能摘下几颗。路边的白桦树在秋风中摇曳,路面上的落叶在风中哗哗作响。

我和她一同走出了宴会厅,她步履微微有些踉跄。我从背后又悄悄地看了她几眼,秀发披肩,修长的身材穿着紫红色的风衣,长长的围巾随风飘逸,脚下一双棕色中腰短靴,落落大方,美艳动人。

我的眼中,她比这白桦秋景更美,只是心中在默默念叨:"她是否还是一位女神?"

第三章　初涉异乡

小白桦宾馆如同当地的桦树林一样恬静，月光皓白，桦叶婆娑，更显秀美，空气中弥漫着桦树林特有的淡淡清香。

房间早就开好了。从那天起，我就成了那个神秘地住在她套房外间里的人。

那夜，她略带醉意，嘟囔着跟我说："你的国外的工资每天一百元人民币，我们俩的一切生活由你安排、打理，住宿时以姐弟相称，你住外间，我住里间。不用你洗衣倒水，也不用你买菜做饭，但是，我的安全和生命从今天起就交给你了……"

话还没说完，她就一头栽倒在床上睡着了。

那天，我帮她脱去了靴子。

我小心地把门带上，回到了外间，从背包里拿出了那只伴我许久的埙，轻轻地吹了起来："小白兔，白又白，时时调皮跳起来……"不知道折腾到了几点，我才脱衣上床睡觉，不知不觉中我一觉到天明。

次日，边检、验照、登船、过江。

从下列宁斯阔耶市坐飞机直飞莫斯科，一生中我头一次乘坐飞机，让我兴奋不已。

宽敞的机舱，我来来回回走了六七趟，与所有认识不认识的人比画着点头打招呼。

背靠悬窗的她，看了会画报便睡着了。

旁边座位上那位拎着一小筐土豆，乘机去莫斯科看望女儿的俄罗斯老太太，便成了我一路无所不说的话友。

不到五个小时，我所会说的俄语已经全部使用完了，再说就都是重复的废话了。

为了避免让老太太看出来、瞧不起，我只好装睡，低头不语。

可是，睡不着觉的老太太却不住地推搡着我，说："年轻人醒醒，再陪我说会儿话……"

她越这么推，我越装睡，别提有多拘谨。

经过十多个小时的连续飞行，飞机降落在莫斯科尼古拉机场。

那位拎着一小筐土豆的俄罗斯老太太扭搭、扭搭地走在我们前面，还不时回头和我说话："我女儿自己开车来接我，你们呢？一道走咯？"后来她又报她们的去处，正好反向。

于是，我们叫了辆出租车，向市区驶去。

透过玻璃窗，一个个小区从眼前的森林中冒起。后来我才知道，这是组成这座城市的"单元"。

突然间,她让我问司机能不能停一下,让我们四处走走看看?

司机友好地将车停在了路边。随着她的步伐,市中心的森林扑面而来。

在近距离的观察之下,我意识到这才是原生态的,这才是永恒。

莫斯科的森林好大啊,有的松树,要三四个成年人才能环抱住。

她踏着如毡的绿草,走到一棵大树下,微微抬起下颚,踮起了脚尖,双手顺着大树褶皱,渐渐地向上伸展,目光也顺着树干轻移,直到没入高高的树冠,怔怔出神。

忽然,她将手臂环绕在树干之上,轻轻地抚摸、拥抱……

远远看去,她的线条是那样的凹凸柔美。我猛地感觉这个柔弱曼妙的女人似乎一下子长高了、成熟了,就像眼前的这棵大树一样,雄壮,挺拔,高大。

我从心底里轻轻地唤了她一声——姐。

吃过午饭后,我们在红场附近选了个有着棕红色外墙的宾馆住下,她交给我一张写着目的地的条子,我们打车去了莫斯科新区五月一日镇。

我们首先参观了那栋很破旧,虽不太古老但对中国共产党有着重大影响的旧房子——中共六大会址。

我们俩出出进进,又转了许久许久……

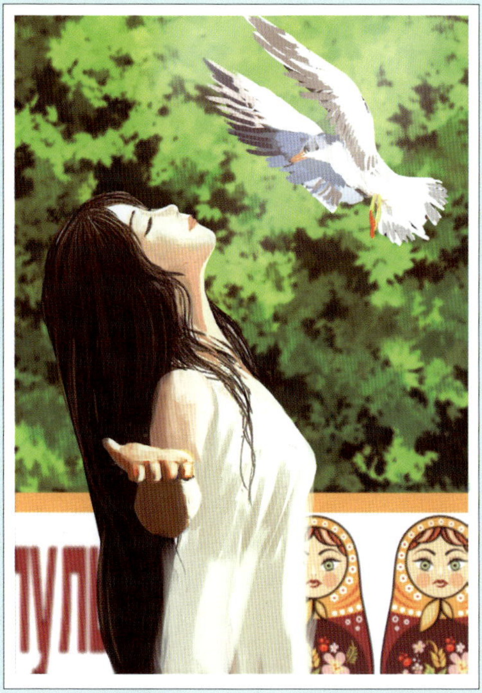

Красноклювая чайка
с кольцом
戴指环的
红嘴鸥

在那里参观时，我在心中暗暗地哼唱着："起来，不愿做奴隶的人们，把我们的血肉筑成我们新的长城……"

我们直到日暮时分才姗姗而归。

回来路过红场，我们有意无意地走到红墙下，这里人影稀疏，好几个亚裔长相的人儿，怀着和我同样的心情，面对着赤色世界，尤其是二战时期的伟大时光，内心颤抖着。

他们激动地抚摸着红墙，这时候我看到了她的眼神，只是轻轻地一撇，然后便转身离开，无奈之下我唯有跟着。

离开了那儿，我才明白她为什么会这样。这堵墙不可能成为忏悔墙，更不可能成为圣石，也不会成为……

忽然，让我感觉到了一种无声的尴尬和无语。

望着夕阳一点一点没入远处的山脉中，残阳染红了她白皙的面容，却褪不尽她眼中的落寞忧伤。

那沉沦的落日，仿佛掩藏着她心中的悲怆。

可惜，我当时的思维无法跟上、随同、理解她挥之不去的伤和痛。

当我们往回走时，天已经黑了。

我们没有选择通宵达旦的舞场，也没有去灯红酒绿的夜店，更没有去什么中餐厅，我们依然回到了那个棕红色的饭店。

咖啡厅优雅的音乐声依然响起，世界上最好的芭蕾舞演员在舞台上翩翩起舞。

吃饭的时候，我们并没有过多的言语。当美妙的萨克斯奏响,优雅的声音响彻整个餐厅,她站了起来。

我远远地看到,门厅处有一位五十多岁的俄罗斯学者,在向她打招呼,落座后我才知道,这一切早已是他安排好的。

饭间,我知道了对方是一位政府的高级官员,他只是简单地说了一句:"近期这儿会很乱,不宜停留。"

我把这句话翻译给了她,她让我问那位先生一句:去哪儿做贸易最安全?他没有回答。临行前,他如绅士般随手写下一张条子,交给了我:"伊尔库茨克,库茨诺维奇将军,电话……"便匆匆离去。

我和她回到了房间。

睡觉前,我问了一声:"明天?"

她淡淡地回复一声:"伊尔库斯克。"

灭灯睡觉,一夜无语。

凌晨,预订好的出租车将我们送往机场。登机后,她显得异常安静,随手从前排的背袋中,抽出一本苏联时期的流行杂志翻阅着。

随后她又侧脸久久地看着窗外的景色。真不知道她当时在想些什么。

她的面颊倒映在机窗玻璃上,忽然,我看见她那秋水般的双目中波光涟漪,似乎漾出了泪珠儿。这是我初见时恬静却笑容如春风般的她吗?

但是可以断言,这些绝不是我的错觉,我需要更多地关注她情感的岩层。

当时的我还年轻,正对异性充满了遐想、向往和魔力般的痴念。何况,每天与我相处的正是这样一位文人笔下超顶级的靓女,她身上透出的青春、靓丽、恬静,充满了梦幻般的诱惑。那种美让人情不自禁地将目光有意无意地投向她。

在我看来,她不仅美丽,而且充满谜一样的内涵。那么,她那时不时有意无意流露出的哀伤源于何事?她那眼神中时常出现的凄凉,又源自于何方?

下午三时抵达伊尔库茨克机场。从大巴上下来,她依然心不在焉,下车时,竟然忘记拿随身小包。当我从后面把包递给她时,她猛然抬起头啊了一声。

随后,她迅速垂下眼帘,一如既往地笑道:"瞧!昨晚休息不太好,今天竟然恍神了。金,谢谢你了。"我没有笑,因为我发现她今天的笑容无比苍白。昨晚上半夜,我一直在听她打电话,直听得我迷迷糊糊睡了过去。

走进宾馆大厅,我关切地问道:"你是不是哪里不舒服?要不要我去买些药给你?"

"不,不,我没事,你还是快去办入住吧。我坐在这等你。"

待我回来,她正在和一位华裔少妇说话,那少妇还带着一个小女孩,小女孩一直目不转睛地瞅着她,还不时凑到妈妈的耳边讲上两句悄悄话。

我乐了,笑着揶揄她道:"你看,连小孩子都被你的美丽吸引了。"

"呵呵，我看，她是被我手中的薯片吸引了吧。"

她扬了扬手中的薯片，随后便转身去逗孩子。小女孩似乎听到我们的对话，甜甜笑着，奶声奶气且颇有志气道："我才不是看你手中的薯片哦，你好漂亮呀，妈妈说，你是天上的仙女，我长大了也要像你一样，变成仙女哦。"

她的脸瞬间红了。也难怪，面对小女孩如此纯净的目光和赞扬，对于任何人来说，都是无比受用吧。孩子的妈妈也随声附和。我冲着她眨眨眼睛，同时暗暗对小女孩竖起大拇指。

她面庞上的红晕再度泛起，露出了无奈的笑容，转身和小女孩说起话来。两人很快成了好朋友，大手拍小手唱起了儿歌："小螺号滴滴滴吹，海鸥听了展翅飞，浪花听了笑微微……"看着这对一大一小的忘年朋友，我心中感叹她竟然还有和小孩子亲近的本领。

两大一小三个女人相谈甚欢，我却被晾在一边许久许久。

直到那孩子的爸爸来了，领走了她们娘俩。

"咱们也到房间去吧？您如果想打电话，我已开通了国际长途。"

她微微一愣，眼睛里充满了柔情，转而又闪烁着感激，依旧是轻笑。她摇了摇头道："谢谢你的安排。"

第四章　伊州探市

世界上最深的湖泊贝加尔湖畔的现代化都市伊尔库茨克美如仙境。狭长弯曲的湖水，好似月亮一般镶嵌于西伯利亚翠绿的崇山峻岭之中。

站在早已预定好的别墅二层，她习惯性地推开阳台门向远处眺望。

身形修长的她一袭睡衣，长发随着湖风轻轻地飘动。站在她的身后，看着远处的湖水以及山脉与青碧相连，仿佛她就是画中的仙子独自伫立。

伴湖而生的城市有着独特的自然风景，荡漾的清波、无垠的草地、一望无际的原始森林，还有夜晚另类的狂野。

而她的话却越来越少了。

然而，那种沉默的高贵总是伴随着美丽，像是要永久被定格一般，轻柔、浪漫，更是我不愿去打破的宁静。

我们的目的不是伊尔库茨克，这里只是中转站、寻觅处。

第二天清晨，跟着她走在伊尔库茨克宽阔的大街上，我并没有感觉到这是一座拥有六十万人口的大城市，相反却像是走进了一座恬静的小镇，只有在市中心最为繁华的马克思大街上，才感觉到了些大城市的味道。

大自然为这美丽的地方赋予独特的格局。

安加拉河、伊尔库茨克河两岸集中着当地居民的搭卡（俄语别墅）和坐在河边垂钓的老者，更多的居民还是散布于广阔的三百多平方公里的土地上。

集合小镇让这个城市显得那样的巧妙。良好的生态环境、自然多样的产业，是这座美丽城市的最大特色。

征求了她的意见，我们决定在这多住几天，多看看贝加尔湖的壮观，多看看安加拉河的多姿，多看看梦幻中的工业城。

尤其是我，想看看到了夜晚，整座城市陷入欢歌情语，霓虹阑珊下，青年男女在手风琴的伴奏中翩翩起舞。

不远处，迪斯科广场人潮涌动，永不停歇的优雅萨克斯声，直到天明。

我依旧住在她卧室的外面。昨晚以来，她总是会通上几个小时的电话，虽然不能完全听清楚两人的通话内容，但是，我总能听到她的语气带着哀怨，还有淡淡的忧伤。

"我已经到了伊……"

"还好，我会尽快地去找你想要的那份图纸……"

"多想想再决定，你只是一个学术界的金融家……"

"嗯、嗯、嗯，好的……"

什么图纸？我可顾不上那些，在高负氧离子环境下我总是能倒头就睡。

从那以后，我们便开始忙碌，跟着她早出晚归，穿梭于各色人物之间，她总以高贵的微笑处事待人，谈吐风雅。

无疑，不论她走到哪里都会是所有人瞩目的焦点。更会有许多男士主动与她接近，很快她便在当地建立了属于自己的交际圈。

日子一天一天地过去，寒冷的西北风渐渐刮了起来，她还是那样忙，我还是那样跟随。

思乡之情，让我更喜欢在夜晚看看天上的月亮。

西伯利亚的下弦月特别多，几乎占到月夜的一半以上。每当那弯弯的下弦月勾起松林那高大的树梢时，我的心也总是被从胸膛里勾出。就这样一次又一次……

半夜，电话铃急促响起，将我从深睡中惊醒。她迅速地接起了电话。那是一段很长很长的通话，但有时却沉默得让人揪心。

"那图我见到了，但我怕有假。"

"放心，我会努力的，为了我们的将来。可是我不明白的只有一点，你是马六甲海峡旁弹丸小国的教授，要这作甚……"

这样的对话每天都会重复。她挂了接，接了挂，有时会听到她长长的叹气，直到我听到她唤我的声音。

那天她精心收拾了一下自己，借着月光我看见，她穿着睡衣坐在躺椅上，与以往不同的是那天她手里端着一杯红酒。

"我已经联系好了将军，明天去看，是当地最有名的拖拉机厂。"

"好的！"我轻轻点了点头，说了一声，"你还是早点休息吧。"

她只是微微一笑，我离开了内室。

整个夜里，我并没有熟睡，也依稀地听见了她窸窣的声音，好似辗转反侧，更好似有所思考，赶走了她所有的睡意。

在我迷迷糊糊的时候，那声音依旧响着……

阳光投射于波光粼粼的安加拉河，倒映着整座城市的安逸、欢声笑语。

伊万诺维奇是带我们参观拖拉机厂的司机和向导，他高鸣的喇叭声让我们急忙收拾妥当，匆匆下楼。

司机一路上介绍说，这儿有生意可做。

车子载着我们，直接进了拖拉机厂。到了这里才知道，伊尔库茨克拖拉机厂是原苏联最大的坦克生产厂之一。二战时期，从这里制造的坦克源源不断地运往前线，最终战胜了德国法西斯。

五十多岁的库茨诺维奇少将热情地出来迎接我们，他络腮胡子，身材挺拔而魁梧。

"哦！欢迎你，美丽的羽小姐！议员已向我介绍了你。嗨！小伙子，你也太瘦弱了吧？"少将开了句玩笑后和我握了握手。

对于这个玩笑，她只是礼貌性地笑了笑，用眼神示意我一下。我自然明白她的意思，说道："少将先生，此次前来我们是希望和你们达成共识，做成推土机、装载机的整机批量易货贸易。"

"哈娄少，哈娄少，哈娄少……（俄语好）"上校高兴地笑着说，"可以，可以，愿我们合作成功！我先陪你们到处走走。"

他边走边介绍，加工分厂、组装分厂、测试分厂……

最后他带着我们走到一大片的开阔地前，指着不远处起伏的丘陵、湖水、残破的楼房、残缺的坦克以及横七竖八躺在地上的树干，说："这里是我们产品的试验场，原来是检验坦克的。"

"推土机和装载机都被伊拉克定光了，你们要废坦克么？我们可以谈，很便宜的。"

她听闻了我的翻译，淡淡地笑着，没有其他表情。我已然明白她的意思，反问少将："你们有多少废旧的坦克，或者钢材？"

少将随手指了指前方的跑道，说："这里铺在地上的钢铁，足够美国人炼两年。"

他继续说："这条椭圆跑道长一百多公里，是我们用长两米、宽一米五、高一米的钢块铺成的。"

听完他的介绍，我很激动，不停地向伊万问这问那，打听报价，我知道当时国内的建设急需钢材。

可她依然是毫无表情，一声不吭。回到房间，半天无语。她对这单收入颇丰的生意毫无兴趣，只有很多年后，我才明白了其中真正的含义。

天空繁星点点，照耀着不眠的人们，构成了一座不眠而多情的城市。远处广场的音乐声清晰可闻，让我一夜无眠。

今天的商洽，是一个很不错的机会，可直到现在我也没有搞明白她为何没有答应下来。难得的是那天我失眠了，考虑起她此行的真实目的。

电话铃声凄厉而仓促，毫无预兆，她通话的声音传了过来。

"……不能这样，我没有办法保证……""……另外，可能他们也盯上了我""这样……不行，那太冒险了""不是不敢，是我输不起""好的，我明天会去那里！"

我听到她的声音中带着哽咽。

简短的通话带着愤怒，最后是一声长长的叹息。虽然我不知道她一直是为了什么，可从只言片语中我听出来，明天我们将离开这里。

电话结束了许久，我等啊等啊，最后我无奈地走进了她的房间。

"明天，我们怎么安排行程？"

"黑松林。"她回答了我一声。

正所谓:

贝加尔湖美清优,

两河交汇绕伊州。

大森浩瀚酱羹鲜,

难留情怀未果愁。

轻身乘风再东去,

与那保尔论春秋。

第五章　松林立业

通过车窗，向外远眺，离开的路上，我再一次望了一眼这美丽的地方，还有那美丽的大湖。

当我看到她那微带冷漠的眼神后，还是收回了心神。这一次的出发，又将要去面对什么呢？

当神秘的黑松林出现在我的眼前，我一下子被扑面而来的原生态气息深深吸引。

这里的景色太过于美丽，我已经不知如何去形容，只是长长地吸了一口气，感受着清新的空气给肺部带来的舒服感觉，清新而陶醉。

一望无际，苍松蠹天，幽林深谷，百鸟齐鸣，野兽低吼……就是这样一个地方，丝毫没有遭受人类的破坏，保持了最为原始的美丽和壮观。

我们住在黑松林郊外的一座小镇，一栋小洋楼，和房东比邻而居。

日子仿佛没有任何的变化，依旧和她在一切可以帮助自己的人群中来往。

镇长布鲁卡五十多岁,是这里德高望重的人,他热情地招待了我们,并讲述了这里的故事:"在那最困难的时候,保尔·柯察金带领着自己的队伍,在这里创造了让莫斯科战胜寒冬、温暖人民的奇迹。《钢铁是怎样炼成的》故事中的共青城就是这里,这是一块俄罗斯的风水宝地。"

镇长布鲁卡热情地为我们推荐了两个当地的木材商人,并介绍他们的情况,让我们去和他们熟识,渴望与我们达成协议。

一个商人叫列金,做了三十年的木材生意,才卖出去了两万多方木头,有自己的汽车和铁路专用线,但性格古怪,心胸狭窄,大惊小怪,让人难以琢磨。

另一个年轻商人叫米萨,从没有做成过一笔生意,但他是大半个黑松林的继承者。

听完镇长介绍,回到住处之后,我轻轻地对姐说:"咱们就在这里创业吧!这里有一望无际的大森林,木材资源非常丰富,咱们那儿又有大市场,这里的人们也很善良,关键是这儿还有一种钢铁一般的精神财富。"

"您看过《钢铁是怎样炼成的》吗?"我轻轻地问了句。

她只是点了点头,没有说话。

我接着说:"我看《钢铁是怎样炼成的》时,还不到十岁,是靠翻字典才读完的。那时,我喜欢保尔的勇敢,看他用朱赫来教他的拳法,一记上勾拳重重地将那满脸雀斑的坏小子打倒在水塘中。到我十七八时,我喜欢保尔的浪漫爱情与生活,冬妮娅、丽达、达雅,那一段段、一句句、一幕幕让我激情万分……"

"那你现在还喜欢他什么呢?"她轻轻地问。

"现在我喜欢的是保尔那种勇敢和忠诚,还有不屈不挠的工作精神……"说罢,我去外屋烧水,刚出门,便听到她打电话约了米萨。

不一会儿,当我把水杯递给她时,她轻轻地对我说:"我更喜欢的是这本书的作者——奥斯特洛夫斯基。金,你有一点他的味道。"

"我还是去院外吹会埙吧。"我淡淡一笑,拉门去了小院。

埙的呜呜声仿佛在向黑松林叙说着我的内心世界……

那天晚上,我回来得很晚,随意地洗了洗就躺倒睡了。

那一夜,我梦到了失明后的保尔和他的助理护士,我热情地向他们打招呼,想为他们做点什么,泡杯咖啡,沏一碗中国茶,或者拿出些干果来……不知为何,我做什么都觉得那么费力。

突然,我发现我也失去了光明,我和保尔之间所有的交流,除了语言,就是双方的触摸、意念和精神的诉说。我们在亲切地交谈,他的助理在为我们忙前跑后,问这问那。保尔向我讲述着他的文学作品,我也向他讲述着自己对文学的美好憧憬,我们就这样讲了许多,许多。直到那杯放了三块糖的咖啡端到我手里时,手被烫麻了,才突然将我惊醒。原来是手被自己的身体压麻了。

这时天已蒙蒙亮了，但我的心仍被那失去光明的梦境，吓得震颤不已。难道有一天我也真的会变成一个盲人？像保尔一样完成自己的精神创作？也需要助理帮助我后半生的生活和工作？……我越想越恐惧，一下把头紧紧地蒙进厚厚的被子里，用头不停地触碰着床垫，声嘶力竭地喊着："我不做盲人！我不做瞎子！我不做……我要光明！"

这种无数次、无数次恐惧的喊叫……

这种无数次、无数次祈祷般的碰撞……

这种无数次、无数次哀求似的念叨……

不一会儿，我大汗淋漓，虚脱在那儿。

我想把头伸出被窝，但我真怕验证我昨夜的梦境，我想就这么躺下去，躲过去，等待着别人用外力来打破这可怕的噩梦。可是，我等了许久、许久，也没有任何人或外力来帮我一把。

时间就这么一分一秒地过去了，小楼外面那可恶的公鸡已叫过三遍，仿佛在催促着什么。无奈中，我嘴里念叨着："由它去吧！管它真假。"然后，一把将盖在身上的厚被子扔在了地下……新的一天开始了。

上午十一点，我们见到了米萨，米萨三十二三岁，五官端正，虎背熊腰，就像他的名字（米萨在俄语中是熊的意思），具有欧洲人的典型特征，颈部粗壮，面部张扬有力，声如洪钟。

那天我们谈了许久许久，咖啡喝了一壶又一壶。双方都大致介绍了自己的情况,米萨并不善言谈,但说话中显露出忠厚。

不知不觉,已过了吃中午饭的时间,米萨约我们去市里作客,被她婉言谢绝。

她并没有做过任何生意,可做起事来总是那么从容淡定。我又猛地喝了一大口咖啡,心中是无比的佩服。

然而,不知为什么,我嘴上却对她说:"列金做生意有经验,有铁路,应该是我们合作的首选吧?"

但是,她一点反应也没有。

这几天,镇长不时地过来关心过问,当他知道我们还没有和任何人做出合作决定,可真急坏了他这个当地头领。

"再看看吧!"我将镇长的意思转达给了她,她却用不确定的语气回答了我。

这夜我们回来得比较晚,天空中零零星星地落下了雪花,又迎面刮来呼啸的山风,让人备感寒冷。

回到住处,可能是这几日的折腾让她累极了,躺倒就睡。

当电话再次响起,仍是她那带着低泣的声音:"……有什么大国在驱使你?这儿依然有强大的永恒……"

忽然感觉,我的心都碎了,心里暗暗地呐喊着:"让他的电话见鬼去吧!谁稀罕你来电话?谁稀罕你的关心?"

疲惫袭击着我的大脑,我在愤怒中迷迷糊糊。嘶吼着仿佛西伯利亚风声也在啼哭,也在呻吟。

我晃了晃脑袋,清醒了一下,这才听清楚,风声中果然夹杂着痛苦的呻吟，虽然很淡，可还是被我捕捉到了。爬上楼顶，我看着周围，发现这声音是从房东的房子里传过来的。

我不知道这痛苦的呻吟声缘何而起，可是那莫名的……让我变得举棋不定。还是洗洗睡吧，谁知道来日还有什么事情。

次日她并没有带上我，在村长的盛情邀约下去赴会。中午时敲门声响起，却是那位房东，他带着热情的微笑，手里托着一盘披萨："远道而来的客人，请接受我们热情的招待。"

"你家里有病人？"吃着他带来的美味，我和他交谈着，将话题转了过来。

房东的脸色顿时变得不好起来，那种深深的担忧之色让人看着不怎么舒服。

他点了点头："是的，已经很多年了，每当天阴下雨、下雪时，她总会痛不欲生。"

"我想这是风湿性关节炎。"我对他解释道，"最怕的是阴天变化，此病拖得越久，越痛苦。"

这显然是他的心病，这个五十多岁的中年人沉默了许久许久，最后抬起头对我点了点头。

"感谢你的忠告，我亲爱的客人，往后如果需要什么帮助，请喊我一声就好。当然，如果需要美味的披萨，你也可以摁响我家的门铃。"

对于他的热情，我报以微笑。到了下午，房东才离开。

当她回来，夜色已经降临，虽然华灯初上，可是周围的景色太过于模糊。

这美丽的森林就像是怪兽一样，潜伏在宁静之中，等待着它的猎物。

那个时间段，电话声依然响起，这一次的她有了愤怒。

"……不要逼我好吗？我知道你很急，我也知道你很努力，只是……这是一个美丽的地方，我想可以的……我还在物色……快了。"

我走了进去，告诉她房东来过，并送来披萨。随后将一杯热牛奶放在了她的床前。

"谢谢。"她的表情在灯光下掩饰得很好，很优雅地拿起了杯子，浅浅喝了一口。

深秋，一个寒冷的季节。依稀能听到的还是那秋风呼啸和房东太太的呻吟声。

那天中午，房东又来了，又为我们送来了披萨。吃饱之后，我对他说道："请带我过去看看您的太太。"

房东明显地愣了一下，可并没有拒绝我的好意。

在他家的客厅，当我见到房东太太，这个被风湿性关节炎折磨得死去活来的女人时，感觉她是那般的可怜。

她的两个膝盖肿得像馒头一样，我急忙掏出了早就准备好的几贴伤湿止痛膏，试着用指头触了触她的关节，剧烈的疼痛让她抖动，甚至影响了她那慈祥的面孔。

我在她病痛的关节处迅速地贴上膏药。

之后，我仿佛又看到了两条有力奔跑的腿，然后把剩余的膏药悄悄地装进了房东的口袋。

我的动作让房东愣神片刻……

我微笑地解释道："这风湿止痛膏是我从家乡带来的名贵中药，相信一定会治好你太太的风湿病，你就放心拿去用吧。"

当房东再一次出现时，他脸上洋溢着异常开心的笑容，就在我开门的瞬间，给了我一个大大的拥抱。

"哦，亲爱的金，真的太感谢您了，你真是我们家的救命恩人。"他说道。

这一次他送来一小筐带肉馅的奶油面包和一大截喷香的肉肠。

我们俩边吃边谈。我送过去的风湿膏药显然是起了良好的效果，在我的解释之下，他有些惊奇地说道："哦，原来是神奇的中国医术，我曾在中国东北的时候有所耳闻。"

他的眼神之中充满了佩服和回忆，房东将他关于当年支援中国东北建设的生活一一叙述，我偶尔也会插言向他补充几句。我们的交谈很融洽。

房东再次热情地对我说："有空去我家，让我太太给你做些好吃的，别天天闷在屋里拿那长毛的笔蘸着自来水在桌子上乱画，把我的桌子都画坏了。"

我刚想说对不起，"不过没关系，画坏了我们重新做，咱有的是好木头。"房东大气地对我说。

"我不是在乱画,我是在练书法——毛笔字,不练不行的,回去一看没进步,妈妈会打我屁股的……"

我的话音未落,已惹得房东哈哈大笑起来。

"这么大了妈妈还打屁股?我的女儿我从来都舍不得打。"

那天,我俩一唠,唠到了大半夜。一直到房东太太过来叫他,他才走。

我原本想,说说了事,医好了房东太太的风湿,我也吃了他们送来的面包和肉肠,一比一,打了个平手。谁曾想,没几天,房东领来了六七个他的亲戚、朋友和邻居,他们都不同程度地患有风湿性关节炎,长期不愈,备受疼痛折磨。

那天可把我忙苦了,一个个地贴,一个个地按,一个个地讲,一个个地问,当他们高兴地喊叫着和我拥抱吻别离开后,我才轻轻地再次打开了膏药盒,原先带来的三十贴伤湿止痛膏只剩下两贴了。

我嘴里念叨着:"再也不能动了,再也不能给别人用了,留下以防万一……"

这正是:

好钢使在刀刃上,好药使在病痛上。
几贴膏药把痛去,房东妈妈好感激。
区区小事不用谢,谁知掉下大美女。

第六章　英雄救美

到了晚上，她回来了。

我感觉这些日子，她身上发生了些什么事情。进门之后，她没有说什么话，径自回到属于自己的房内，电话便打了出去："请告诉我，这到底是怎么回事？"

我很好奇她是在给谁打电话，不像平日里那般，语气之中的随和消失不见了，多了几分怒气和责备地质问着："我相信你，但……我来这里，是为了我们的未来，可事情并不是你想象中的那样。我感觉你变了……"

电话通了良久，她挂了电话后便没了声息。

房间内顿时显得特别安静，那种落针可闻的寂静就像是这日渐变冷的天气一般，让人感觉身处冰窖，令人不自觉地颤抖。

她的叹息声轻轻响起，打破了这让人压抑的寒冷，只是我仿佛感觉到她在低泣，若有若无的压抑，在空气中不停地荡漾传播。

忽然，我感觉到内心一下子难受了起来，这个时段打来的电话就像是套在她脖子上的绳索，随时都可以勒得她窒息而死。我真想剪断这无形的绳索，杀掉那个可恶的夜话者。

鉴于我们身份的区别，我没有权利去过问任何事情，可一连数天的奔波，让我很清楚地感觉，她很苦。

作为一个女人，坚强是什么？或者我想问她到底是为了什么而坚强？

那天晚上，她让我陪着她，绕着花园慢行，篱栅矮树秋菊如雪。一路上没有任何的话语，直到回来。

回到房间好一会，她也没有开口说一句话。

我洗漱后正准备睡觉时，窗外传来窸窸窣窣的声音，我原以为是隔壁房东家在收取晾晒衣服什么的。

忽然间窗子被人暴力地撞开，几个人影一闪便冲了进来。我一愣，昏暗中隐约看清楚对方的长相。

我断定他们应该是亚裔，从进来站定之后一直是面无表情地盯着我。他们彼此之间一个眼神交流之后，便向着我走了过来。

他们向前走一步，我往后退一步。

"怎么回事？"房间内传来她不满的声音。

"快跑！"我大声地喊了一声，就被对方一拳打倒在地。其中两人眼神交汇一下，便向着里屋走了进去。

从里屋传出其中一个歹徒的声音："你不必害怕，我知道你们是从中国来的，我只要你们把钱交给我们。"

站在我旁边那人个头一米八以上,身强体健,足足高出我一个头,带着狰狞的笑容,一看就是来者不善。

而这时候,进去里屋的两个人拖着她走了出来,我偷眼扫去,看到她脸色极度紧张。

"告诉我,这到底是怎么回事?"她的眼神对上我了。

"抢……抢劫。"我回答了她的问题。

"没有!什么都没有!"她冷冷地打量着三人,声嘶力竭地喊了一声。

"你俩在嘀咕什么?难道还要让我们自己动手么?"说话的时候,三人终于露了凶相,其中一个人手里拿着一把寒光闪闪的匕首,在我们面前比画着。不知道为什么,我从地上爬了起来,勇敢地挡在了她的前面。

这时,一个歹徒轻佻地来到了她身边,淫笑着将手伸向了她的脸庞。

这轻浮的挑逗显然激怒了她。毫无预兆地,她猛然间抬起膝盖,狠狠地向着对方的腹股沟顶了上去。

"哦……"歹徒痛得抱住了下体,在原地跳着打转,慢慢地倒了下去。他身边的一个同伙一愣,怒气冲冲地就要上前抓她。

只听到哐啷一声,她忽然顺手抓起身边的一个花瓶,二话不说就向着这家伙的脑袋上砸了过去。

歹徒反应还是慢了半拍,被那美丽的花瓶砸中,顿时花儿朵朵鲜红起来。

看着我的这位先是一愣,也迅速地做出了反应,手里的匕首平举,向着她冲了过去。

一个女人竟然有这样的胆识,我惊呆了,这一刻的我忘记了刚才的恐惧,内心只有一个声音叫喊着——保护她。

直到现在我也没有明白当初我哪里来的勇气?

当歹徒从我身边冲过去的一瞬间,我伸腿用力一扫,他一个狗吃屎趴到了地上,匕首脱手,甩出去了很远。

接着,我冲了过去,将这家伙的腿牢牢地抱住,不让歹徒靠近她。

"你这是找死!"我的阻挠明显激怒了歹徒。他恶狠狠地回头看了我一眼,脚下一连踹了好几下,我急忙用胳膊隔挡,皮靴的棱角踏在胳膊上,感觉真是不好受啊!

可有一点是可以肯定的,自始至终我都不曾撒手,我也不知道挨了多少下,那种疼痛让我脑袋逐渐地迷糊起来。

朦胧中我看到,被她打倒的两个人也从地上爬了起来,向她扑去……

忽然我眼前多了一个人,下意识地想再一次防御,但下一刻不仅没有遭到任何的攻击,房间内还传来一阵阵的怒吼和乒乒乓乓的击打声。我意识到,帮忙的好汉来了。

只见他大展拳脚,三下五除二,这三个歹徒就像是被抛来抛去的皮球一般,直接被摞在了墙角,哆嗦着,挤作一团……

"你们是什么人？"好汉发出一声怒吼。

我从地上爬了起来，站到这个高大魁梧者身后，仔细一看原来竟是米萨。

我微微地愣神，说了一句："你好厉害。"再看那半跪在地上的三个劫匪，就像是面对着神灵的信徒一般，在地上瑟瑟发抖，不停地求饶。

米萨的强壮是有目共睹的，可是我也没有想到他那么能打。

我暗暗地赞了一首：

仨歹徒持刀抢劫，
俩打仨力不从心。
姐弟俩命悬一刻，
一好汉举拳相助，
论英雄当数米萨。
……

我把这首诗讲给了米萨，他听罢哈哈大笑，连连称赞："写得好！写得好！"

在他的审问下，三个劫匪如实招供，将他们的罪行一一叙述……

其中，让我惊讶的是，这帮家伙竟然在我们抵达莫斯科时就已经盯上我俩，心生不轨一路跟随。由于我们深居简出，没有给他们机会，这才一拖再拖，案发今日。

我来到了她的身边，"你还好么？"我问道。与她说话的时候，我还有些气喘吁吁，胳膊还在剧烈地疼痛。

"我还好！没想到你小子还挺厉害的！你比我伤得厉害多了，该是我问你还好吗？"她的语气忽然变得温柔了许多，眼神之中少了许多冷漠，这突来的几分关怀，让我心头一颤。

相处时日颇多，可自始至终都带有距离，确切说是身份的差异，雇主与雇员的关系让我们彼此遥远。

可今日她那温柔的眼神和关怀的语气，让我感到是那般的史无前例，更让我感觉是那样的亲切。

不过，最让我感到诧异的是为何米萨会出现在此处。见他正忙着捆绑歹徒，不便打扰他，我也就没有多问什么。

第七章　执着熊侠

不一会儿，警车来到了现场，米萨将这三个歹徒交给了警方。

当房间内恢复了从前的平静，再次确定她没有受伤之后，我长长地松了一口气。

全身的疼痛让我有些龇牙咧嘴，她从箱子里取出了伤湿止痛膏，帮我贴在后背和胳膊上。

相对无言，我感受着她温柔的动作，感觉着她的亲近、高贵、美丽、温柔。这是一个女人！这个女人让我满怀温暖。

"好在都是皮外伤。"她打破了这种沉默，说道。

我嗯了一声。

"我原以为你是一个软弱的男人，嗯……"她笑了一下说，眼神随即深邃了起来，"我比你大一点，以后叫我姐吧！"

说完之后，她转身回到了里屋。我却陷入了久久的回味之中。

"姐。"我轻轻地念叨了一声，接着又将她的大号"白羽"

加在了一起，又念了一遍——白羽姐姐。内心之中既感动，又兴奋。

也许在旁人眼里，这只不过是一个称谓罢了，可对于我而言，不是！我和她之间的关系一下子被拉近了许多，我今天的勇敢表现及所作所为，让她刮目相看了。我那不顾一切的保护，让她内心感激。

可对于我而言，今天的一切都是那样的自然，那样的真实，就仿佛梦中，勾勒于梦幻之中的再现。

米萨的回归让我从这种臆想中醒来，他那威武的身躯站在我面前，有一种难言的压迫感。

"哦，亲爱的金，你的英勇让我很是佩服，难道你就是中国古代传说中的侠客？"米萨带着善意的微笑，拍着我的肩膀，上下打量一番，"就是太瘦弱了些，太不经打了。"

对于他的调侃，我感觉内心不怎么舒服，有些妒恨地反驳着："我和你不能比，你是熊，而我只是人。"

"哈哈……"米萨发出一阵爽朗的大笑。

姐从里屋内端着一杯咖啡走了出来："谢谢你，米萨。"

米萨快步迎了上去，双手接过了咖啡。

我也不输于米萨，疾步来到了她的身边，试探性地叫了一声"姐！"

她对我笑笑，目光还是迎上了米萨，再一次表达了她的谢意。

米萨平日里言语很少,但今日却有着说不完的话,滔滔不绝,自我介绍起来。

他原是西伯利亚特种部队的首席教官,因不满上级军官的腐败,饱受排挤才申请退役的。从部队下来之后负责照顾唯一的亲人——母亲,他现在只想着怎样将木材生意做到我们那儿去。

这时我心里才明白过来,难怪这家伙一个人打仨,不费一点儿力气。

姐总是用那种优雅的谈吐和他人交谈,她表示自己会和米萨合作,一起去做生意。

"哦,不!你误会我的意思了,做生意是次要的,我首先非常喜欢你,你太美丽了!你就是我心中的东方维纳斯!可我怕自己的莽撞会惊吓着你,所以一直跟随,暗中保护着你们。"

"今晚,这不是碰上了么?我还算及时吧?用你们的话说——英雄救美。"

米萨说得小心翼翼,不停地用眼神打量着姐,仔细地观察着后者的每一个表情。

他的回答让我和姐都是一愣。很明显,这米萨醉翁之意不在酒,目的并不是完全在于生意,而是……

听到这里,我不敢再往下想了,我首先感觉到的是阵阵不安和惶恐。

"哈哈……"姐轻轻地笑了。

从那天开始,米萨就成了姐这儿的常客。

他讲到黑松林——他的家乡,讲到了二十多年前一次很小的核泄漏。那场灾难是那样的恐怖,整整几个村落都不同程度地受到了伤害,人们被迫迁往他乡,他的母亲因外出探亲避过了这一劫,成为消除放射后,黑松林的唯一居民。

但是,回来参与救助、消除放射的她,还是染上了那种痛苦的病,现在还时不时地发作,非常难受、痛苦。

米萨说:"我就是想把黑松林的好木头卖到你们那儿去!赚很多很多的钱,为我母亲看好病,让她享受上儿子献给她的幸福。她的一生太苦了……"

这家伙——

> 看似他一个莽汉,
> 不说话像个笨蛋。
> 可是有孝心百般,
> 加上那资源满满,
> 必成我爱情之患。
> ……

米萨的讲述总是让我们泪水盈眶。

米萨的诚恳和热情一次又一次地打动我们。

"兄弟,对于此事你怎么看?"

听闻这话我一愣,她这是在征求我的意见么?这可是从未有过的事情。我急忙恢复了清醒,从这种难以置信的状态中转回来。

"姐,这事情还得你自己拿主意。"我回答得依旧很小心,可是内心极力反对着。

"米萨有着足够多的资源,可是没有资金。对于我而言,需要的不正是资源么?"

她很难得地在我面前表现出矛盾,那副表情落在我的眼里,让我感到极不舒服,只是我不知道该如何去安慰她。

由于我的受伤,我们减少了外出活动。

米萨倒是异常热情、忙碌,隔三岔五总会过来,每次都带一些当地的特产、美食,或者带来重大的新闻。

他总是试着去约姐,若是一次两次姐也可以拒绝,可时间久了,"盛情难却"之下难免会同意相行。

第八章　佳女寄宠

米萨这样做，使我内心无比愤怒与复杂。

一天，待在房间里的我有些坐立难安，无聊中，又拿出毛笔，盛了满满一大盘子自来水，在桌子上草书起来。

"咚……咚……咚……"敲门声响起，一时间我的心情特别喜悦，以为是姐回来了，可当门打开之后，一个俏丽的女孩站在了我的面前。

她金黄色的头发铺卷在头上，湛蓝的眼睛就像大海一样，皎洁的笑容，表情有些疑惑，年轻的她显得有些稚嫩，但发育良好的身体带着让人难以自持的火辣，修长的身材快和我一样高了。

她的怀里抱着一只小狗，看样子也就一个月大小。当看到我之后，她试探性地问了我一声："您叫金吗？您在写毛笔字？打扰吗？"

我点了点头，连连说："不打扰……不打扰……你是谁？"

我这一问，才让她松了一口气。她告诉我，她是房东的女儿，名叫娜佳。

哦，我想起来了，房东有个女儿，十七八岁，在外地上大学。

"我们家的狗生了崽崽，今日满月，你喜欢么？如果喜欢，就把这一只送给你。难道你不想请我进屋喝杯咖啡吗？"

我忙将她请进屋里，并为她熬好了咖啡。

我们谈到莫斯科、北京、西伯利亚，谈到了美丽的黑松林，谈到了俄罗斯文学，还有中国的京剧。

娜佳表现出她少女的活跃，指手画脚地为我介绍着周边的环境，讲述着这里的生活。

娜佳在莫斯科上学，每个月才会回来一次，所以，以前我没有见过她。

这次回来，从房东那里听说我一次就治愈了她母亲的病痛，这才跑过来感谢。

这个青春气息十足的美丽女孩给人一种特别舒服的感觉，尽管交谈起来我还不那么流畅，但是也没有什么压抑。有的只是年轻人之间的话题，网络、手机、多媒体、施瓦辛格、李连杰……

十七八岁的她，那种未受世俗浸染的朝气，让我感觉她就是这片美丽原始的黑松林。

天色渐暗，母亲在外边喊着，她含着甜美的微笑向我说道："以后要好好照顾小家伙哦，它的生命还是很脆弱的。"

我点了点头："狗是人类最忠实的伙伴。在我们中国，有这样一个故事,传说昆仑山下的一户牧民养了一只藏獒,当一场瘟疫夺去了所有牧人的生命,在主人去世后的几个月里,它都一直孤独地守候在帐篷外面,直到……"

说到这里我没有再说下去,她看着我怀里的小狗,眼神之中满是温柔。

娜佳笑着走了。

我仔细观察着这只小家伙,平嘴垂耳,浑身黑白花斑,属沙皮科。逗着逗着,我就躲在沙发上睡着了。

当一身酒气的姐坐在我的脚边,把我从梦中惊醒。

姐忽然回到了家,从她的表情里我看出来,这一次出去并不是很开心。她看了我一眼,便发现了我怀里的小狗,微微一怔,随即笑了,那一抹笑容让我诧异很久。

与此同时,她将我怀里的小狗抢了过去。"哪里来的?"她问道。

"是刚才房东女儿送来的。"我如实对她说道,"我没有经过你的同意,私自决定就收下了。"

"没关系,挺好的!"她的眼神之中依旧带着笑意。我有一种错觉,在这时候,她忘记了生活的烦忧,心思之中对于小动物的喜爱,超出了我的想象。

姐并没有对我说关于米萨的事情,可是她开始学习一些简单的俄文,这让我在内心之中隐隐约约感觉不怎么舒服。

米萨来我们这里的次数更多了,也带我们去过他的黑松林庄园。

那林子比我想象中的还要大上许多，粗壮的树木矗立着，连绵不绝不知几许。它们覆盖了一片又一片的山头，争先恐后地挺拔于大地之上，向世人展现着强大生命力。

就像是这方土地一样，就算经历过多少悲怆和战争的磨难，他们具有的，便是如此的精神，依靠自然，却要超越自然。

"这片森林占据了西伯利亚所有林木的三分之一，很大一部分都属于我的母亲继承。"米萨边走边介绍。一路上，我被这扑面而来的原生态气息深深吸引着。

姐走在森林的边缘，举目远眺，总是怔怔地看着远方。

这时候的米萨显得特别有雄心壮志，不停诉说着对未来的规划，或者说是他内心之中隐藏着让人难以想象的野心。

米萨和姐在一起的日子，也让我得到了很多关于她的信息。她手里有钱，可有多少钱我是不知道的，但米萨知道。

就在他俩计划合作的关键谈话之后，姐第一次独自一人去了莫斯科，去与电话中的那个他相见了，更是为了办理这件事情——钱。

那庞大的资金，让当地的金融界都表示了关注。

至于她所说的那些事情，还有那三个歹徒的跟踪……现在想想，可能都是钱惹的祸吧。

小狗在我和姐的照料下茁壮成长，这也是我唯一能看见她微笑的机会。是的，面对着这个小精灵，姐总是带着那淡淡的笑容，那种极美的笑脸。每当夜晚来临之时，她都会闯入我的梦里。

我也经常性地会从这种甜笑中醒来，但更多的时候，我会迷失在这笑容之中。

小动物总是架不住时间的催促，一个多月的时间，它的体形已经变大，也会跟在人的身后，汪汪地叫着，跑着。

每当它摇起尾巴的时候，姐总会拿出一些食物喂它。

看着它的憨样，我还给它编了段儿歌：

    小小沙皮狗，

    长得笨呵呵。

    抓起一大串，

    放下肉一坨。

    叫声像熊哼，

    跑路像猪行。

    其实它不笨，

    真的很聪明。

第九章　情系宏业

米萨依旧如此，经常会来这里做客。

但从两者之间的谈话之中，米萨总是显得急躁。对于生意合作的事情，姐既没有答应他，也没有拒绝。毕竟米萨的心思，姐还是明白的。

好长一段日子，我都看不到她的笑容，秀眉紧蹙在一起的日子越来越多，就像拧成了一股绳。

米萨见到姐这种表情，总是有些不明就里，手足无措。

可是，我却知道这一切是为什么。

每夜，那个电话都会如约而至。他们之间的电话是极其简单的，虽然我至今没有确认对方和姐的关系，但两人之间的言语总会带着淡淡的暧昧和无限的缠绵。

但是，每当姐挂了电话之后，又重新陷入了久久的沉默寡言当中。那种安静，那种无语，就连熟知她的我，都感觉到极其恐慌。

我总想说些什么，可每当鼓起勇气的时候，却因身份的关系偃旗息鼓。我的内心充满了酸涩、妒忌和愤恨,用着恶毒的言语去诅咒电话另一边的他。

人们常这样说:

> 失去爱情的交谈是谎言,
> 没有真诚的话语是破烂,
> 没有永恒的话题是编撰,
> 没有情感的交流是灰暗。
> ……

可是,姐依然如此,并没有因为我内心的不满而停歇过。

"若你将那份图纸带给我,那笔钱我……这边已经有人告诉我,的确有人盯上我们了,你让我怎么办?"姐的语气带着抱怨,还有淡淡的怒气,"你这是逼我,我并不是一个自私的人,我所做的一切……你真想要让我这样做吗?"

"好吧,我知道了,我会尽快将这事情处理妥当!"

啪的一声,电话挂断。姐再一次陷入了沉默,良久之后,我听见了轻轻的哽咽声。

我的内心忽然被什么东西砸了一下,疼得我整个人抽搐和痉挛起来。

她在哭……

"金,你进来一下。"姐的声音从里面传了出来,将我从这种状态中拉了出来。我几乎是跑着，一下子冲进了她的房间。

房间内很暗，唯有床头灯是亮着的。她穿着薄薄的睡衣，双手抱膝，畏缩在那里。趁着灯光，我看到她俊俏的脸颊上挂着泪水的痕迹。她隐藏得很好，在抬头的瞬间，又恢复了原有的气质。

女神，你为何要如此悲伤，这样会让我断肠。姐，你为何这样哭泣，这样会让我的心儿死去……

我在心里苦苦地说着，念叨着。

"拟个合同出来，我们和米萨合作！"她吩咐道。

"这……"我一愣。

她有些不满地看了我一眼，可是并没有对我发火，只是再一次垂首。

"你也早点休息吧！"姐头都没有抬地说了一句。

这让我怎么能睡得着？米萨对姐抱有什么样的心思，是司马昭之心——路人皆知。姐现在选择了和米萨合作，换而言之，就是答应了米萨的求婚。

这样的决定，怎么能让我睡得着？我内心之中的那份痛楚，仿佛炸药包一样，一下子被点燃起来，在我没有任何防备之时轰然爆炸，顿时感觉天翻地覆。

可白天依旧会来，迷糊之中，我感觉有人在推我。当朦胧之中出现了她的倩影，我一下子反应了过来，在道歉声中起身收拾，她也显得很安静。

当我再一次抬起头心疼地看着她时,她用那迷人的眼神看着我,盯着我,一副欲言又止的样子。

"走吧!"她轻声说道。

合同我并没有准备,可当见到米萨,姐表达了自己想要和他合作的消息之后,他有些欣喜若狂,不自觉地拉起了姐的手,低头就要吻。

但姐含着微笑,轻轻地挣扎了一下,不着痕迹地将手抽了回来。

"米萨先生,我会让金将合约送来。"

米萨的脑袋就像是小鸟啄米一样,频繁地点着。他要的就是姐这一句话,这代表着什么?人财两得吧!

我尽力地准备着相应的资料和合同。

米萨来这里的频率越来越高,会经常约姐出去吃饭。

在这段时间内,姐总会学习一些简单的俄语。不得不承认她在语言上是极具天赋的,经过我的指正,现在的她已经能和米萨简单地交流了。

我依旧忙碌着,同时在姐学习俄语的时候,米萨也经常在我这里学习中文。固然内心之中有千般不愿,可我依然耐心地教着这头笨熊。

合同最后做出来了。

在姐的要求下,公司成立之后,我占百分之十五的股份,姐负责全部的资金,占其中百分之三十五的股份。由于资源是米萨的，所以他一人占了百分之五十。

对于这个分配方案米萨颇有微词，当然，他并不是因为姐占了那么多而不满，而是因为我手中也有股份。可是姐的态度很坚决，最后米萨不得不妥协，把百分之十五的股份给了我。

当这一件事情忙碌完毕，公司的注册便显得比较容易，米萨在军方和当地都有着不小的人脉和良好的信誉。

还没有多久，营业执照便到手了。

可是，一则消息传入了我的耳中，让我感觉天旋地转，异常难受。

姐要和米萨结婚了！

第十章 往事如烟

是夜,当那个令人讨厌的电话再次响起时,姐和对方说得很简洁。

"钱,我会尽快如数还给你的。"姐是这样说的,"请给我一些时间,让我……"

我并不知道两人达成了什么条件,最后姐默默地挂了电话,我再一次听到了她的哽咽声,那是整整的一夜。

我从来没有见到她那么脆弱过,但令我感觉奇怪的是,她要和米萨结婚的消息并没有告诉电话那头的对方。

"姐,给!"我不知道如何去安慰她,只是鼓足勇气走了进去,溜到嘴边的话还是被吞了回去,最后只将拿在手里的纸巾递给了她。

她接了过来,将眼泪拭去,可并没有说话。房间内再一次陷入了安静。

"我要和米萨结婚了。"良久之后,她轻声说道。

我内心之中当时是什么感觉,已然忘记,可时至今日,每当想起这件事时,总会感觉到丝丝的疼痛和酸楚。我知道,那种伤痛并没有随着时间而消失,只是它已深深地埋藏在了我的心底,就像是醇酒一样,越老、越久、越淳、越香,越有味道。

"米萨已经告诉我了。"我回答道。

当我回答了这个问题之后,她忽然抬起了眼眸,一眨不眨地盯着我,良久之后,她重重地叹息了一声。

我内心感觉就像是被重锤砸了一下,那种沉闷的感觉让我摇摇欲坠。她掩饰得很好,可是眼眸之中的痛苦出卖了她的内心。

我纵然将这一切都看得明白,可我不能说任何话语。

"早些休息吧,姐!"

这一声"姐"让我内心一阵酸楚,我像是要逃跑一般离开这间房子,可就在我转身的瞬间,她却叫住了我:"金,你先别忙着走!"

我站住了脚步,转身看着她。

她像是下了某种极大的决心。

她的脑袋是低着的,露出半截洁白如玉的脖颈,让我有些心猿意马。可是当她抬起头的时候,脸上带上了如花般的笑容。

"我漂亮么?"

我愣了好久,下意识地点头:"是的!"

不知为何,我感觉她的肌肤上镀上了一层绯红,虽然我和她有一段的距离,可还是清晰地感觉到,她身上散发着一阵阵的热浪。

就在我大脑恍惚的时候,她却凑到了我的身边,很突然地用双臂环住了我的脖子。

她的乳房异常坚挺,在这种毫无间隙的接触下,我很容易就感觉到了那种异性躯体的美好和火热。

慌忙间我已然有些不知所措,脑中似被炸药轰了一下,那种空白的感觉让我忘记如何去处理眼前的状态。

也许,我内心之中早就有所渴求,或者说我一直幻想着能和姐这样拥抱。但忽然一下子成了这样,却让我有些措手不及。

那带着温湿的嘴唇落在了我的嘴唇上,当我还没有反应过来的时候,一条带着香气的舌头便要撬开我的嘴唇。

我终于认识到,这一切不是梦。

可能是本能的反应,我努力地捕捉着这条犹如泥鳅一般光滑的香舌,想要将其固定。

费尽所有的力气,胸膛之中那颗不安的心脏剧烈地开始跳动,每一次都像是炸药爆炸一般的激荡,仿佛它要从原来的地方出来,我必须拼尽全力去安抚它。

这种激荡,也让我的呼吸变得不畅,像是要窒息一般难受。

突然,我在心里轻轻地唱起了自己的歌儿——

> 我不敢说,
> 我又很想说;

我不敢说,

我想找到你那美的感觉。

……

衣服,随着我俩的激情而当空飞舞,在这种已经失去理智的情况下,我们彼此撕扯着对方的衣服。

我的手在她的肌肤上放肆地抚摸着,姐轻轻地哼了出来,那声音就像是鸟儿一样,婉转鸣叫。

这一刻,我忘记了自己的身份,纵然没有任何性经验的我,也是那样的努力。

我的胡作非为也许是弄疼了她,在不满之中她将我推倒在床上。我那男人的特征,愤怒而高昂、不加任何掩饰地暴露在了她的眼前。

一切都在情理之中,这一夜,我们像是疯了一样在彼此的身上探索着,努力地用身体去安慰着彼此。她在我身上像是一条美人蛇一般扭动着,或者在我的身下发出鸟叫一般的婉鸣声,一次接着一次,一波接着一波。

这一夜,我们筋疲力尽。

当我倒在她的身上时,已然没有了一丝力气。

也是这一夜,姐让我从一个男孩变成了男人。

激情过后,我拥着她那雪白的娇躯,乘着月色,认真地欣赏。

她闭着眼睛,那长长的睫毛之上挂着泪珠。

我依稀记得,在和我激情的时候,她的嘴里叫着另外一个男人的名字。

再看看她在我身上留下犹如鸟爪一般的抓痕,我的内心一痛,就算我和她的关系发展成了这般,她的内心,依旧属于另外一个人。

就算她已经决定要和米萨结婚了,可是也依然属于那个人。

想来想去,我感觉我和米萨同样的可悲,我们都能得到她的肉体,却永远得不到她的心。

想入非非之时,她忽然转了一下身子,伸出像是春藕一般的手臂,将我抱得紧紧的,甚至这时候我有了一种窒息般的感觉。我一动不动,眼睛睁得大大的,一眨不眨地看着她那美丽的面孔。

"金,没想到各方面你都很出色哦。"姐羞涩地说。

听到姐这样的赞许,我沉默了一会后,还是高兴得兴奋起来,在她那迷人的脐下、平软的腹部用力抓了一把。

"噢……嗷……"姐轻轻地呻吟着,然后,也照样抓了我一把……

激情再燃,两人再一次紧紧地拥抱在一起。

从高潮中醒来,她长长地叹了一口气,很隐晦地将眼眸之中流出的泪水拭去。

当她的手，摸着我的脸颊时，我感受到了她的温柔。

"感觉真好！"她用手探索着我身体的时候，说道。

也许是由于她手上温度的关系吧，刚刚的激情让我身体疲惫，可是依然有了变化。这一次的我就像是失去了理智一般，再一次扬起激情，将她那迷人的身体紧紧拥抱。

有了刚才的经验，我不再措手不及。

她显得那般顺从，我们变得更加疯狂，她那鸟鸣般的叫声再一次响彻整个房间：啾啾……呜呜……

我们大汗淋漓，最后在我的嘶吼声中淡淡退去。

后背传来一阵火辣辣的感觉，我想是由于过度的激烈让她情不自禁吧！疼痛并没有阻止我的思索，这突如其来的一切——

是她的情感填补吗？

是她的肉体需求吗？

是她对我的爱吗？

还是她对我人生的怜悯……

不容置想的是一直伴随她身后的我，那夜用无数次的激情，让她以往的冰冷变成那样的炙热，那样的温顺，那样的眷恋。

当她躺在了我的臂弯之中，略显疲惫的语气让我内心一抽。

"金，你不会怪我吧？"

"怎么会？"

"哎！"她轻轻地叹气，说，"其实，你一直很好奇我的身份，以我现在的年龄却有着那么多的钱，现在让我细细告诉你实情吧。"

她的话题让自己陷入回忆之中……

第十一章　兽情鸟语

姐并没有告诉我太多的消息，只是提起了"他"。

姐之前是个在读的经济学博士，读博时和一个外国银行家、客座教授、博士生导师产生了共同语言，渐渐地，他们相爱了，两个人如胶似漆地缠绵过后，一个很现实的问题摆在了眼前。

那个他有妻子，还有两个孩子，并且有着稳定而不错的生活，传统理念和对于工作的不舍，让他有所顾忌。

最后，他借贷给姐一千万元美金，让姐出来拼搏，创立自己的生活世界。

故事的曲折性远远超出了我的想象。姐本来是对他死心塌地的，来到这儿之后，努力地寻找着商机。

但他并不是完全地信任姐，或者说挪借了那么多的钱让他感觉内心不安。

起初的期盼，到最后变成了逼迫，这让姐一下子感觉不舒服起来。来到这儿，她本认为只要自己努力，就可以得到他们想要的幸福。

然而不知道他从哪里得到了消息，却是为了那份神秘的图纸，只要姐得到它，那一千万美金就无条件地归姐了。

从中我不难看出他对姐的良苦用心，可人是自私的，就算是爱得那么深，到头来也未必是全心全意地付出。

就在今夜，他的电话又开始催促姐，其中的意思已经不言而喻，他想要收回那笔钱。

虽然姐并没有告诉我，她博士还未毕业就出来做贸易，然而，那种难言之隐让我感觉她内心装着很大的一个秘密。

在销魂的那一夜，姐紧紧搂着我，说了句："远离他乡，这儿只有我们两个了，你应该就是我最亲最亲的亲人了。"

"但是，为了咱们俩创业一定成功，我决定嫁给米萨，与他合作。"

"米萨要我打出了我最后仅有的一张牌——女人的身体，我也仅有那些钱和自己的这一点点赌注了……"

"金，我这是不得不这样做呀，希望你能理解我。"

我沉默了一会，没有马上回答她，只是转身拿来埙，为她吹唱起李清照的那首《蝶恋花》：呜……呜……呜……永夜恹恹欢意少。安梦长安，认取长安道。为报今年春色好，花光月影宜相照。

我知道，开弓没有回头箭，现在的她必须要成功。也许和米萨走到一起，她是迫不得已的选择，唯一一搏吧！

或者说是他的逼迫所致，可无论如何，这事已经木已成舟。

我是知道姐的脾气的，她说要干的事情，是没有任何商量的余地。

而她要认定不做的事情，就算再怎么勉强，也是无补于事。

从姐的口中我得知，她出生于云南西双版纳的一个鸟族部落，那儿有大河，有森林，有沃土，有各种花草，也有各式各样数不清的生灵……千百年来，他们的先祖，世世代代都生活在那儿。

人们在大河渔猎，在山林采摘，在田野农耕……

为了防止野兽的侵袭，人们将家建在大树上，久而久之，便成了人们所说的"鸟人"。

那一年，族人们在一场瘟疫之中全部去世，当时，姐的奶奶只有四岁，从家巢上掉落树下，奄奄一息，恰巧被一支路过的马帮头领发现、救助，抱回了家中，精心医治，悉心调理，救回了一条生命。

奶奶一生爱鸟，家里到处都有她饲养的各种各样的鸟类，一个又一个的鸟笼挂满了屋檐、阳台、客厅、寝室……就连房前屋后的树上也都挂满了奶奶养鸟的笼子。

鸟人部落的语言成了奶奶和鸟交谈的工具。

十五六岁时，奶奶已出落成亭亭玉立、如花似玉的美女，引得周边无数男孩的爱慕和追求。

而她只喜欢她的哥哥，马帮部落的继承人——我的爷爷。

马帮部落的大人、孩子，整天与骡马打交道，聪明伶俐的马帮人，多少都会些骡嘶马叫，更有甚者，还能与骡马语言交流。

她的爷爷，就是其中的佼佼者。

听奶奶说，爷爷自幼习武，练得一身好功夫。

他十一二岁时，就同大人一般，上普洱、下巴蜀、穿陇陕、去缅甸、驮盐茶、易粮货、贩牛羊……

相传，爷爷奶奶小时候，当他俩独自玩耍时，人们听到的不单单是儿童们的欢笑，还有各式各样的鸟鸣、骡嘶、马叫。

姐继续向我认真地诉说着，爷爷并不是我们鸟族人，而是我们那里最大的马帮部落继承人，有着属于自己的马帮，常年行走于大江南北，历经千难万险。

爷爷十八岁时已有勇有谋，聪明过人。

有一次，爷爷带领马帮从云南运草药去古城西安。回来时，途径陕甘川三省交界。

天渐渐黑了下来，突然，迎面跑来了一些路人，他们边跑边喊：杀人了，杀人了，前面有一伙劫货杀人的山贼！

爷爷上前一打听，知道对方有四五十人，他们手里都有兵器，爷爷低头一算，马帮只有不到二十人。

自古以来人们常说：梁山的强盗，巴中的贼，中原穷地出土匪。可与这三界秦岭大山中的贼人相比，真可谓小巫见大巫。

自古流传：三界贼为诸省匪中之悍，官兵久剿不尽，瘦者巧如灵猿，强者壮如熊貔。一遇强敌瘦者攀岩钻洞，壮者垒石堵路，逃之夭夭。

马帮队势单力薄，与这伙贼人硬拼，必然吃亏。爷爷将逃难的十几个男女路人叫住，与马帮队聚为一体，并召集马帮弟兄商量对策。

远远地听到那贼人的声音越来越近，突然间，马帮队和那些路人，个个都举起了火把，马嘶、骡吼、狗鸣，无数的马蹄声……铜锣声中，杀声震天，伴着男女逃难者的喊叫：官兵来了，追呀，杀呀……

山贼丢下兵器，落荒而散，四处逃命去了。

那夜，爷爷就这样带着马帮队，和那些被救出的老百姓，智胜了山贼，平安地走出险境，到达县城。

后传闻，那伙山贼的首领在慌乱之中，失足落崖，被众喽啰抬回匪寨，瘫倒在床上。

当他听说是马帮队智胜的他，瘀伤更甚，不足一月，命丧黄泉。

临死前，匪首留下一言：

为匪，胜官兵易，斗马帮难；

为民，胜马帮易，斗官兵难。

山寨的兄弟们，听我之劝，把寨中所积银两购置成骡马，改匪为民，胜斗马帮，也不再为亡命所虑……

后来，巴秦三地的这支匪悔马帮还成了爷爷他们马帮的好友。

当然，互相争抢市场、生意的事儿也难免发生……

从那时起，爷爷智斗悍匪的故事，被渐渐传了开来，成为陇陕川三地的一段久传佳话。

至今，三地的皮影艺术，曲目中仍然保留着白壮士、率马帮、众弟兄、救百姓、遇悍贼、劫刀下、学马嘶、学狗叫、鸣金锣、震贼胆、弃刀枪、落荒逃，等等……

锣鼓声中，吹拉弹唱，人欢马叫，刀枪剑影……

灯影下、幕布上，手动人舞，故事连连，栩栩如生。

听罢姐这般道来，我才恍然大悟，原来，皮影中的这一出折子戏，竟出于白家马帮队的故事。

我忙将脖颈上的一个挂件摘下，拿给她看，说："这是一个飞女的皮影挂件，是我爷爷的爷爷刻的，传给了我，距今已有两百多年……"

姐认真地看着皮影挂件，惊叹着说："太美了……太美了，这是一个长着翅膀的美女，很像我们鸟人部落的图腾，真好看。"

看着姐爱不释手的样子，我就轻轻地将这挂件戴在她美白如玉的纤颈上。

姐轻轻地哼着说："君子不夺人所爱，不好意思……不好意思……"

"您不是君子，你是女人，又是鸟人部落的后裔，这个你戴上正合适……"我贴着她的面颊，轻轻地说了这么一句。

对皮影的爱自幼已浸透了我全身的每一个细胞，和每一丝的神经传感，无论何时何地，我从没有放弃过对皮影的关注，也都没有对皮影释手忘怀……

皮影，这门有着几千年历史的民族艺术，这部献给全人类最早的电影，这个与民族血泪交融在一起的文化精灵……我怎能不去爱它，不去看它，不去唱它，不去写它，不去研究它呢？

那夜，又让我想起了，我收藏在家中的那些各种年份、各种时代、各种不同，一个个、一块块、一枚枚、一件件的皮影珍品。

明天我一定给妈妈打电话，让妈妈帮我把这些宝贝好好保存着。

那夜，姐说得太多太多……

她还说，爷爷奶奶成年后，太爷爷为他们主持了婚礼，明月高岗，爷爷和奶奶进入了山林，奶奶用我们鸟族特有的语言表达着属于自己的感情，在高岗上啾啾地欢叫着，爷爷用骡马的嘶鸣声回应着。

那夜，整个村寨都听见了马嘶鸟鸣声，也是那一夜，奶奶将自己交给了爷爷，他们的结合让所有人感到了更多的幸福。

说着说着，姐的眼泪泛出了眼眶。

我小心翼翼地将那两滴清澈如珍珠般的泪水从她的眼眸拭去。

"在我将自己交给他的时候，我想起了奶奶，所以他总会说，我的叫声很好听，就像百灵鸟的叫声一样，可是我更喜欢红嘴鸥的叫声,是那般浸人心扉。"

姐在说话的时候,还时不时轻轻地学着鸟叫:"啾啾,咕!啾啾,嘟噜噜,喳啾啾……"

姐继续说天国里的回音:"啾啾,嘘!喳噜噜嘟……"

"平日里我总会用这种方式和天国里的奶奶交流,但总不能成功,可是那一夜,我听见了奶奶无数遍的回答。

我说:'啾啾(奶奶)、咕(好)!'

'啾啾、嘟噜噜、喳啾啾(我很想奶奶)……'

天国里奶奶的回音:'啾啾、嘘!喳噜噜嘟(奶奶也很想你)……'"

这时,我如梦初醒,这正是那夜姐在我怀中鸟鸣般唏嘘的真正因由。

传奇般的故事,让我这凡夫俗子听得张口结舌。

暗暗庆幸上天给予了我这千载难逢、百年一遇的挚爱,这爱是那般的自然、清澈、纯洁和无限的甜美。

这真是:

不仅异国有奇音,
昆城鸟女会奇能。
阴阳两界话声起,
奶孙二人述苦肠。
自古逆境多难事,

可否玉帝帮倒忙。

......

接着，姐又向我讲述了她的父母："聪明的爷爷奶奶生下了一个聪明的男孩，那是我的父亲。天才好学的他研究生毕业于当地一所名牌大学的生物专业，留校任教，研究方向是动物语言信息及语言再次进化的可能。"

姐的母亲和他父亲是校友，研究方向为植物学。

姐是他俩唯一的爱情结晶。

"童年的我是那般的无忧无虑，聪明可爱。"姐说话的声音越来越低了，我感受到了她内心世界的苦楚。

二十世纪六十年代初的那场动荡，爷爷奶奶遭受冲击，爸爸和妈妈在大学里更是被折腾得死去活来，终于，在一个风雨交加的夜晚双双投进了深潭。

那时姐只有六岁，被爷爷奶奶抱回了老家。没多久，爷爷在一次批斗中从台子上被推了下来，摔成重伤，不久抑郁而亡，是奶奶把她独自抚养成人。

后来的日子过得非常凄凉，家被抄得精光，吃没吃，穿没穿，为了养活姐，奶奶不得不去找了个卖冰棍的活儿，靠那点微薄收入，把姐抚养成人。

为了姐，奶奶吃尽了苦头，受尽了辛酸，受尽了罪……

"去年七月，奶奶也离我而去……"姐哽咽地说着。

在姐向我讲述后的几天里，她更加忧郁、困惑、迷茫。那挥之不去的忧郁，像是要将她掩埋于一片墨色之中，而她却又像用尽全力努力醒来，那压抑在内心的孤独，沉寂了数千数万的忧伤，努力地去挣扎着，最后随着那一轮的皓月，划破了这安静的夜空。

沧桑、孤寂、倔强、无助、清冷。

她在内心之中爱着"他"，无怨无悔地爱着那个人，可是他们的爱情没有抵过现实，最终在人伦的责问下，走到了今日的绝境。

姐带着泪水，进入了梦乡，我就这样静静地看着，用尽我所有的记忆细胞，攀描着她所有的一切。

第十二章　宏图大展

自那一夜之后，姐总是有意无意地避着我。

随着两人婚事的确定，米萨显得特别忙碌，经常出入我们的住所，和我说一些不着边际的话。他对未来充满了信心，并且亲手为未来构建蓝图。

同时，我也陷入了忙碌。随着姐资金的注入，新公司正式成立，我和米萨跑前跑后，努力做好每一件事情、每一个细节。

这一切来得太快了些，当我还没有准备妥当，姐和米萨的婚礼举行在即。那一次我见到了姐，她显得有些强颜欢笑，眼眸之中无限哀愁，总是站在高处举目南眺，怔怔出神。

对于这种情况，米萨那伟岸的身躯总是显得惊慌失措，唯有我明白，姐的内心之中是多么的痛苦，她在这异国他乡的秘密，也只有我知道。

米萨想上去安慰姐，我劝告他："让她一个人静一静吧，这是我们国家的风俗，东方美女的情感你还不懂。"

我的谎话并不高明，可米萨却在此时对我唯马首是瞻。

"兄弟，要不你给她吹段呜……呜……呜？她喜欢听，我也喜欢听。"米萨比画着吹埙的手势说道。

我斜瞄他一眼："……喜欢听？你也喜欢听？没得听了！那玩意早摔坏了。"我看着远处，说了一句。

米萨听后，沮丧地说："没办法了……没办法了……"说句心里话，自从姐告诉我，她要嫁给米萨——熊——的那一天，我就再也无法吹那个埙（熊）了。

一看到那埙，我就仿佛看到了米萨，就满肚子的不高兴，就岔气，就想骂人。还想让我给你吹埙？熊，你就等着吧，等着那大树倒长着活。

第二天一大早，我还像往常一样跑步晨练，只是，趁机将埙扑通一声扔进了湖里，然后仰天大叫："啊……我再也不吹了……"

天空忽然下起了白雪。

一朵朵美丽的雪花随风飘着，带着极其的不舍留恋着苍穹，最后落地，留下一片雪白。

优美的管风琴、萨克斯以及各种乐器响起，乐队相继起奏，各色喜庆的乐曲回荡在教堂。

客人们陆续莅临，米萨穿着制作考究的燕尾服，站在门口笑脸迎宾，接受亲戚朋友的祝福。

婚礼一切都是按照西方的传统来举行，当神甫宣布新郎吻新娘时，这一刻，我看见了姐眼眸之中如明珠一般溢出的光芒。

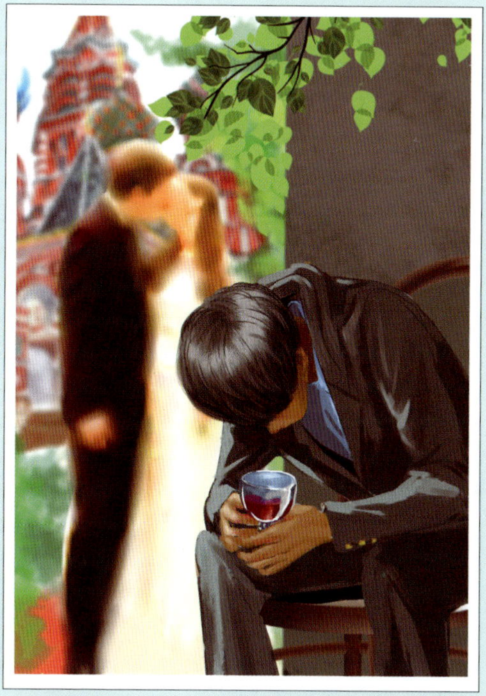

Красноклювая чайка
с кольцом
戴指环的
红嘴鸥

我的心，忽然痛了一下，甚至发自内心地抽搐了起来。

酒会，舞会，喜庆的日子里总是载歌载舞。

我都忘了自己喝了多少杯酒，直到米萨挽着姐的手臂，来到我的身边。

看着面带微笑的她，我很想说一句什么。

可到头来只是与心相违："恭喜你，姐！"

我内心的苦涩，犹如这杯中之酒，会让自己迷失一般。

可到了这个时候，我自然要学会控制自己，免得让米萨误会。

姐不时地对我点头，米萨端着酒杯向我示意，我将杯中之酒一饮而尽。

"往后好好地对待姐，不然我会杀了你！"我忽然握紧了自己的拳头，在米萨的面前示意，用极其肯定的语气对他说道。

米萨对于我的表现首先一愣，随即哈哈大笑。

"会的，一定会的！"米萨说，"没想到你这么弱小的人，会有这么大的勇气。"

我不明白这是嘲笑，还是对我的赞扬，可米萨的眼神之中有些敌意，有种另眼相看的味道。

当舞会结束，我烂醉如泥，被人抬回了住处。

冰冷的夜里，清清静静、皑皑白雪、晶莹剔透，我从梦中惊醒。安静的环境之中，我听不到任何声音，恍惚之中我才想起，姐已经不在此处。

我坐立不安,不知如何是好,直到最后被瞌睡摧残,迷迷糊糊地睡了。

当我再一次醒来,天已经大亮,我来到了公司。

米萨显得特别兴奋,主动和我打着招呼,我却不知道怎么回复他,该说些什么。

从那时起,我忘记一切,努力地开始工作,日夜难眠。

黑松林有着钢铁般的财富精神,也有着勤劳勇敢的民众。

我们公司的扩展使得四十多年前传承下来的记忆被重新激活,人们纷纷来我们这儿报到,以在此工作引以为豪。

短短的日子里,伐木厂扩展了,专运线通车了……我拼命地工作,几个月下来,我的努力工作取得了显而易见的效果,拿下了第一笔订单。

五万立方的木材,易货贸易做成了。

随后姐又借用了一些关系,将南方的一些客户拉了过来,让我们的公司一日千里,发展得异常迅速。

这样的速度,无疑和其他的同行形成了竞争关系,他们开始联手对我们进行打压、挑拨、扰乱,也不知道米萨动用了什么手段,才将这一段贸易风云平息了下去。

随后,我们又收购了当地全部的伐木场。

一方独大很容易产生垄断。米萨以军人的风格,铁血的手段,毫无怜悯地将最后一个对手列金打败……

资源的丰富,加上姐的睿智和庞大的资金支持,米萨的魄力和果敢以及我的认真和务实，三位一体，鼎力向前。

不久，内地的市场也被逐步打开。

黑松林，积压了近二十年的十几万立方的极品油松，从西伯利亚新干线上，源源不断地被运往欧洲、中东、海参崴……以及我们出生的那儿。

原先那些单打独斗的商户们，吃到了甜头，获得了利润，也变得更加同心同德，合成一股力，拧成一根绳。

合到一块的黑松林木材市场，老木材商列金用他多年的经验和技术，也成了我们的得力干将。

在西伯利亚这片美丽的土地上，我们的崛起令世人瞩目，无形之中，我们有了造福于这儿整个市场的趋向和力量。

这正是：

> 做事要齐心，
> 三足鼎最真。
> 劲往一处使，
> 情向一处添。
> 万事开头难，
> 创业举步艰。
> 大家齐努力，
> 齐心能移山。
> ……

下班归来，房间里依然是冰冰冷冷，少了许多的人气。偶尔房东会过来一下，为壁炉添些柴火，此外再没有任何的客人登门。

姐自从嫁给了米萨，再也没有回来过。

这日清晨，我有些偷懒，没有起床，那条小狗，在床下用舌头舔着我垂在床沿下的手臂，凉飕飕的感觉让我从梦中醒来。面对着这个可爱的精灵，我轻轻地笑了笑。

一阵清晰的敲门声忽然响起，急忙之中我有些衣衫不整地跑了下去。当我打开门之后，一抹俏生生的身影站立在那里，面带微笑、扑面而来的是少女特有的青春气息。

她的到来，让我愣了好久。

对方却含笑说道："怎么，让一位女士站在门外面？这是很不礼貌的哦！"

我原本内心之中的欢喜冷淡了很多，来人并不是我千思万想的姐，却是我邻居的女儿娜佳。

对于这个女孩，我还是极具好感的。

娜佳进门，首先看到了她送给我的那只小狗，当初的小青涩已荡然无存，在我的精心照顾下，它长大了许多。

那小东西，似曾相识般围绕着娜佳喔喔乱转。

娜佳的开朗、活泼、俏皮，带动着气氛，将我从那种心不在焉的状态拉了出来，谈笑风生。

娜佳最后提出让我送她去学校。

她所就读的学校是莫斯科大学语言学院，离这里有着很远的距离，我想了许久之后还是鬼使神差地答应了她的要求。

当我再一次踏足莫斯科这座美丽的城市，恍然觉得隔了几个世纪般久远。

娜佳带着我走遍了城市中的大街小巷。以往的政治骚动仍在继续，我们尽量避远些。但是，在许多区域人们还在集会、游行，标语横幅当街悬挂……

那天我俩走了太多的路，累极了的我们，走进一间酒吧，要了几样红酒、点心，然后坐下，边喝边聊天。

娜佳说："西方分裂势力、狭隘民族主义、人们对腐败的憎恨……都搅和在一起了，让莫斯科这么乱，让国家这么乱。我真不知道今后会发生些什么……"说着说着，娜佳痛哭起来……

不知道那夜我喝了多少酒，但是娜佳醉了。

第十三章　记忆历史

我在不远处的旅店开了间房,想将她送过去休息。

进门之后,娜佳一头钻入我的怀里,就像是她送我的那只小沙皮狗宝贝一般黏人。

吐气如兰,娜佳呼吸之间带着淡淡的麝香味,厚重的衣服遮不住她那傲然的娇躯,火热的呼吸让我感觉到她内心之中的依恋。

双眼迷离之中,她有着没有诉说的情怀。

我将她放在了床上,只因轻轻地一带,我也跟着倒了下去,并将她压在了身下。少女的体香,以及她呼吸之间起伏的乳峰,带着极大的诱惑,我忽然感觉难以控制自己的情感。

做贼一般,我用手试着和她的胸部接触。是的,那种绵绵的,带着十足弹性的乳房一下子让我无法自持,却怕将她从梦中惊醒。

那双带着长长睫毛的眼睛依然没有睁开,突然,她的双臂环住了我的颈部,我一愣,娜佳忽然抬头,极度热烈地含住了我的嘴。

她的风情、热情、美丽，让我无法拒绝。一场异国之恋，发生得那般自然，我夺走了娜佳的初恋……

她那高昂的，热情奔放的叫声，响彻着房内的各个角落，我看着她那如痴如醉的表情，以及极力的迎合。

那一夜的疯狂，让我迷失了自己。娜佳也让我感受到了异国姑娘的野性、奔放和甜美。

她就像是一匹脱缰的野马，奔跑于辽阔的田野，驯服她们的男人，必须要有着强健的体魄，更要有莫大的决心和勇气。

激情过后，她倒在了我的臂弯中。

那夜，我们说了一夜的情话，直到困乏之极，方才睡去。

一觉醒来已是晌午，匆匆吃过午餐之后，我送娜佳回到了学校。顺着记忆中的路，我再一次独自来到红墙之下。

忽然间，无数的士兵戒严了道路，将我围阻在红场之中。还不待我反应过来，原本冷清的街道变得热闹起来，无数的人们开始向着这边蜂拥过来。

士兵们想把围过来的人们分开，无数民众此刻脸色异常激动，他们高喊着口号，激动地向前挤着。

我愣在了当场，当回过神之后，我在人群之中发现了一些黄皮肤的人们。我走了过去，想问问他们这到底是怎么回事。

"总统先生将要在这里巡视。"旁边的人向我解释。没过几分钟，几辆车子从路上缓缓开来，最后才是总统先生乘坐的车子。

"我的兄弟姐妹们，我们正面临巨大的考验……"

随着总统先生的讲话，人们向广场中央簇拥着……

他的话语，在这红场之中，久久不息地传播着……

乘着人潮向前汹涌之际，我也向前挤去，想多听一听他的声音。

拥挤中我被一位中年妇女拉住，她轻轻地对我说，你是外国人，不要再向前挤了，这儿不适宜你。

我反驳说，我就是想要挤上前去近一点，看一看，听一听。

她再一次诚恳地对我说，孩子，你还是离开吧！回去从电视里看一看、听一听也一样，这儿的确很危险。

常言道：听人劝，吃饱饭。不听老人言，吃亏在眼前……反正我也挤不过那些人高马大的俄罗斯人，顺坡下驴——走人。

我像一叶小舟，快速地划离此地。

我的脑神经仿佛被喷发搅乱，我的脑细胞也仿佛被人潮吞噬，一片空白。

从那骚动的人群之中出来，没走出多远，大约一站路吧。突然，我听到了欢快的音乐，许多人在围观着什么。我斜眼望去，发现几位美丽且身穿异装的靓女，在那里扭动着如蛇一般的腰肢。

她们的眼神极具诱惑，犹如一潭秋水，身段窈窕，舞姿婀娜，伴随着音乐翩翩起舞。我怔了一下，从外表我明白她们并不是本地人，应该是一个游荡的民族——吉卜赛人。

她们的多情，是无数男人梦寐以求的，她们的美丽，征服了无数人的眼球。只要是个男人，总希望能得到一个吉卜赛的情人。

我的发愣引起了这几个美丽女孩的注意，其中一位年轻的美丽姑娘，将我拉入她们的队列当中，极力地鼓励我，让我在她们之间舞蹈。

当然，这里舞动的人已不是我一个，但大家都有一个共同的特征，那就是都和这几个女人的动作显得格格不入，都是那般不合拍。

无数的钱币，在她们的表演中被洒落了进来，随着音乐的喧嚣，她们的舞姿更加热烈、激情。

在场的人们发出哦哦哦哦的欢呼，高举着双手，鼓掌助威。

我身临其中，自然也被这种气氛所感染，跳得更加卖力。

突然我仿佛听到了枪声，我忙转身离去，那位女孩拉了我几次，也未能将我拦下来。我冲她点了点头，快速地离开了人群。

那次，我们俩一句话也没有说，只是她那迷人的面孔，在我的脑海中留下了深刻的记忆。

我到了一处安静的地方，静静地听了听，果然是机枪声，哒哒哒哒……并且枪声越来越激烈……轰——轰，两声巨响，枪声戛然而止。

我站在那儿思索着，我相信这种乱象不会持久，红场还是红场，强大的国度依然强大，而且会越来越好，越来越强大。

我就这么想着，不知道为什么，竟鬼使神差般地走进了莫斯科地铁，瞬间就被那种金碧辉煌、文质彬彬的景象所震撼了。

一站一下车，我欣赏着每个地铁站不同的装饰风格和文化历史表象……

二十多个车站走过，工作人员告诫我："再过一刻钟，地铁就要停运了，您还要继续往前乘吗？去停车场吗？"

一看表，才发现我在地铁中已待了七八个小时。我连声回复："对不起！对不起！"忙乘扶梯出了地铁站。

这真是：

> 世界大地铁，
>
> 莫市最辉煌。
>
> 二战抵轰炸，
>
> 军民这里藏。
>
> 学习与工作，
>
> 战备和生养。
>
> 抗击法西斯，
>
> 这儿是天堂。
>
> ……

很晚很晚我才回到了娜佳读书的莫斯科大学附近。我从电话亭给娜佳宿舍拨通了电话，她还没有睡，仿佛一直在等着什么。她在电话那头急迫地说："你在哪里？你等着我，我马上去找你……"

那整整一夜，在浪漫、温馨、激情的气氛中，我们拥抱着谈婚论嫁了。

第十四章　锦上添花

黑松林伐木场的木材生意，越来越好了。

米萨奔走于四方，打通着各个方面的关系，加上有庞大的资金作为后盾，我们如虎添翼，取得了更为骄人的成功。

石油，这国际性的能源，中间充盈着无比巨大的利润，像魔鬼一般挤进了我们的贸易领地。

我得知情况后，向米萨建议："在我们面前一丝商机都不能丢弃，何况是石油呢？"

"对，对，对，听你的！"米萨信心坚定地说。

一场开拓新市场的行动全面展开了，米萨和我一同扑进了当地石油的开采项目，几天几夜都未离开公司半步。

我们为未来金山般的前景，工作着，努力着，拼命地干着。

我问米萨，我们开采出的石油卖到哪儿？……最后，我们制定了石油产品"南卖平进"战略，就是卖到亚洲各个缺油的国家，再将原油输入西伯利亚石油新干线。

西伯利亚寒冷的冬季，姐躲在暖屋中，大门不出，二门不迈，显得特别的安静。虽然不再管公司里的事务，却每天忙碌于电话之间，一阵儿伐木场，一阵儿铁路局，一阵儿海关，一阵儿港湾……总是那般的海阔天空。

我虽然不像从前那般离她很近，也不知道她每天除此之外还在做些什么，但是，偶尔看见她，发现她的话语变少了，笑容逐渐变少，内心仿佛又增加了许多沉甸甸的心事。

"这些日子去哪里了？"几天之后，和姐见面，她淡淡地问了一句。

"去莫斯科转了一圈。"

对于我的回答，她显得很是淡然，轻轻点头之后便不再发问。她的无语，顿时让这里安静，让我陷入一种无名状的拘谨之中。

我对这种气氛并不意外，总想着和她说点什么。我估计姐是知道我和娜佳的事儿了。

我有所隐瞒地将这些日子在莫斯科的见闻说了一遍。

自主不自主地，我讲到了红场上发生的那些事情，以及一些自己的看法和想法。

忽然，她抬起美丽的脸庞，毫无预兆，两行泪水飙了出来。这让我有些慌乱，不知该如何是好。

那泪水，充满了无比的伤感。没有任何声音的哭泣，似是无尽的追忆，更像对逝去时光的悼念。

良久，她才收住了泪水，轻轻道来："那轰轰两声是炮响,我在电视上知道了,这儿正在努力地改革着。其他那些地方呢?"

一句莫名其妙的话,让我愣了一下。可她再没有多说,陷入了深深的沉默之中。

久久,她才娓娓道出了自己的身份。

她本是一个名牌大学的博士生,有着原本平静的生活和美好的前程。也许爱上那个"他"是个错误,可她不曾后悔。如今的背井离乡,并不能全怪"他",只是现实生活的一次参与,让她不得已而为之。

我虽然不知道她所说的那个"现实生活的参与"指的是什么,可是从她那悲戚的眼眸之中,我读出了一种"深痛"的感觉。

我感觉到,那是无尽的哀怨。

寒风之中带着阵阵的悲哀,雷声之中带着哭喊,闪电之中带着凄凉。

铁与血铸就的历史,谁也不能事先判断出谁对谁错,只有用几代人的价值观去感受那种历史留下的悲怆,才能解释这里曾发生的一切。

她目视着南方的天际,在那里有着无尽的怀念、追忆,还有无法割舍的情怀。

如今的黑松林,有我们良好发展的事业,有滚滚而来的财富及无法改变的事实。唯有将这所有的往事埋在记忆的最深处。

在深夜不知名的角落里，轻轻呼唤那些神灵们的名字，用永恒的爱、泪水和心中的热血去缅怀逝去的往事。

虽然，我没有再去问，可已然知晓了一些姐不为人知的曾经。我清楚她的想法，只是很忽然地不知道该说点什么。

整个下午，就在这样的气氛之中沉沉度过。我发现姐的身体有些异样，感觉到了她有点不舒服，我有些不情愿地开车将她送了回去。

和姐相见的机会越来越少，反而是娜佳会经常性地飞过来。这个青春气息十足的女孩，并不以我们有过的激情而羞涩，反而，她总会用这种曾有的激情往事开开玩笑，借以再次相爱。

她每每这样，总会让我脸红耳赤，多少有些难为情。

每逢这个时候，她总会嘻嘻地笑着，说："没想到你一个大男人还会害羞？"

可是，她毕竟是一个处事未深的女孩，还是个正在读书的大学生。她和我的缠绵，在时间上受到很大的局限，并不能时时刻刻。

娜佳一旦返校离开，我的内心之中就显得更加孤独、无助和凄凉。每当我送她去学校，总会显得恋恋不舍，儿女情长。

但是，纵然如此，我们还是没有办法改变她正在读书没有毕业的现实。

娜佳在我生命之中徘徊着，让我感觉到了许多的暖意。只是，自上一次以后，无论我怎么去寻找，却再也没有发现那个流浪的吉卜赛部落。

我偶尔会想起她们多情的舞姿，也会想起她们似水的温柔。但我也明白，她们可能已经离开了这里，去了其他的地方。

米萨的工作告一段落，可谓是硕果累累，成绩颇丰。

随着种种生意的谈妥，公司更是一日千里地发展着。一笔笔生意地谈成，可以说每天都有无数滚滚而来的财富。

有一天，姐告诉了我一个账号，让我将一千多万美金中余下的一部分汇入其中。我不明所以，她告诉我说，这是她能做的最后一件事情了。

原来，这笔钱是属于那个他的。我并没有多问，按照她的吩咐汇了过去，并逐月将木材也发给了他，就这样我们提前半年还清了那一千万美元的本息。

我忽然明白了姐的意思。

那个他，虽然背叛了当初的誓言，和姐的爱情并没有什么结局，可爱过毕竟是爱过，这笔钱是他当初让姐带着去谋求共同的生路。但是他怕了，他没有坚持到最后。

他的放弃、逃弃、背弃，无疑伤害了姐，可姐还是希望他过得更好。

再后来我才知道，姐给他的这笔钱之中，不仅仅包括了当初的本金，还有一大笔的利息。而他也靠着这笔利息，对他们国家的银行做出了不小贡献，也在自己的事业之上有了更好的发展。

也许，对于姐而言，他的成就是她成就的，这也正是姐想看到的，更是他想看到的。

姐借贷的那一千万美元还清了。

这正是：

> 他他他和她，
> 本应是一家。
> 一个弃爱去，
> 两位暗厮打。
> 天下无情理，
> 情理只有她。
> ……

对于我而言，在这里赚到的所有金钱，完全变成了失去意义的数字。

那天，姐在临走前送给我一个长条提箱，打开一看，是一支世界名牌猎枪——立管豹牌十连发。

"给我的？送给我？姐你们还是自己留着用吧。"我故意这样说了一句。

姐对我说："米萨曾是特种兵教练，有收藏枪支的嗜好，家里都快成了军火库，啥枪都有。这是我专门给你买的，拿着吧！"

我高兴极了,情不自禁地又把姐抱在怀里,又吻又谢,过了好一会,姐把我轻轻地推开了。

她说:"我已为人妻,这样不好,以后你再别这样行吗?"我点了点头,心里极不情愿意地哼了一声。

姐接着对我说:"枪是打野兽的,不是打人的,这点你一点要记住。还有,你要像爱我们一样,爱这双筒。黑松林里的野兽多,有熊,有野猪,有狼群,听说还有老虎……这枪你放在车上,随时可以防身,可别忘了要经常擦哟!"

从那天起我又添了一项新工作,那就是每周擦擦枪,上上油,瞄瞄准……

不知米萨怎么知道姐送了我一支猎枪,一次他斜着眼瞅我问道:"你会打枪吗?别没打着动物,倒把自己打着了。"

我看都没看他,头也没抬地回了他一句:"会打,打得准着呢,每枪都是十环,百发百中。"

我肚里暗暗念叨着:小瞧我,我从小就是从部队大院长大的孩子,个个都军训过。

米萨看我这样,扔下了一句话:"那好,哪天我们一同去北极村猎熊!"说罢他头都没回地走了。

第十五章　极地肝胆

米萨事业家庭双得意，显得容光焕发，精神满满。

于是，得意之中，他又想起了那场和我的约定。

他不知从哪儿弄了一架直升机，约我去北极村猎熊，我毫不犹豫地答应了他。

第二天，我们见面了，"得拉斯维杰（俄语你好）。""得拉斯维杰。"米萨低低地应了一声。

当我拎着家什上了飞机后才发现飞行员坐在副驾驶的位置上。米萨架机向着闪烁的极光飞去……

白茫茫的一片大地，千里冰封，万里雪飘。

初春的这里，由于不夹杂任何人迹，就像是一个纯洁的仙女一般。

寒冷依旧，冰洁，美丽，可这儿并不安静。

这里是俄罗斯最著名的国际狩猎场，有各式各样的野生动物。

但是，不知道什么原因，那几天一点动静都没有，让我们有些失望。雪橇车在冰原上转悠了数日，既没有碰到熊，也没有碰到北极狼、北极狐或海豹什么的，让人心灰意冷。

临返程前，我们又发现了几个黑发的故乡人，也住进了北极村。我与他们打完招呼，聊了一会，他们先去入住了。

米萨和我开着玩笑：你们的人真是多，只要人能想到的地方，总能见到你们的身影。

我不知道他这话是什么意思，只是淡淡地回了他一句："他们都是来北极村旅游的，如果这里只有动物，我们也不会来。"

米萨轻轻地连说了几句："好奇地跑动，好奇地跑动……"

我一直都没搞明白米萨嘴里反复叨叨的那两个字，是什么意思。

但是我们手里拎着的猎枪，还有那些准备了许久的物品都已经没有了用武之地，让我感觉有些沮丧。

米萨显得比我有耐心，就在我们的狩猎旅程快要失败时，这天早晨，米萨和我又开着雪橇车出去时，他发出了一声欢呼。

"熊……"他大吼了一声。

起初我还以为他叫自己呢，可感觉不对。

我拿起了猎枪，用我平生最快的速度驾雪橇冲了出去。在不远处，有一头浑身披雪的成年公熊在奔跑着。

它仿佛感觉到了危险，在奔跑的同时低声嘶吼。

米萨的速度更快，他驾着雪橇，快速地追着，并用枪不时瞄着猎物。

这个时候，米萨在那里大声呼喊，吩咐着我：快去那边拦堵它。

好不容易见到了猎物，我怎么会就此放过呢？当他吩咐完之后，我已然截到了猎物前边，举起了手中的枪，自然不自然地瞄向熊，也瞄到了米萨……

就在这时，我的耳边又传来了姐的那句"枪是打野兽的……"我的枪口瞬间垂了下去。

我又听到了米萨的喊声："你在干什么？还不开枪！你个胆小鬼！你个懦夫……"我再一次端起了猎枪，瞄准了棕熊，毫不犹豫地打了一梭子弹。

棕熊嗷嗷地痛叫，最后还是倒地不起。

我手舞足蹈地大声喊着："是我打中了它！"

米萨也在这个时候来到了我的身边。

"哈哈！"米萨大笑着，拍了拍我的肩膀，竖起了大拇指。

虽然我们的收获不能用满载而归来形容，但至少没有白来一趟，这只熊也算是给我们的安慰奖吧！

米萨向村里缴清狩猎费之后，他用军刀迅速地剥开了熊皮。那一瞬间，那残忍的画面，让我心头一颤。我暗暗发誓今后永不再猎杀野生动物。

米萨将所有的熊肉装入袋中带回去给伐木场的员工们吃，把那些肠肠肚肚留给了村里那几十只爱斯基摩犬。

登机时，米萨和飞行员抬着那一个个沉重的麻袋。我帮着米萨把他携带的装备搬上了飞机。

这时,我突然发现米萨狩猎时用的那支 AK47 根本就没有弹夹,所有的装备中也都没有子弹。眼前的这一切让我惊呆了。

"米萨,不装子弹你……你……你也敢打熊?"我结结巴巴地问道。

"我用匕首已经猎杀过两只熊了。这次来是陪你打熊,陪你玩的……"米萨哈哈哈地笑着说。

听罢,我心中暗暗地说了一句:"这哥们一生可交。"

返回途中,我从驾驶员口中得知,米萨除了会开直升机,还会开苏-27以下所有机型,还会驾驶、使用 T-72 坦克及所有的战车。骑马、摔跤、擒拿格斗,样样精通。

我心里暗暗赞叹,这哥们真是靠得住的牛人。

返回黑松林,我将熊皮和一副熊掌送到了姐的面前,尝了几口米萨做的熊肉,便带着两只后掌和熊胆离开了米萨庄园。

回到家时我连门都没进,便把猎物直接送给了房东——娜佳的父母。

临走时我还特意嘱咐他们:"熊胆要慢火焙干后,保存在密封的瓶子里。焙干的胆汁研成粉末,泡酒喝下,可以祛风湿,治疗关节疼。"

娜佳的父母高兴得嘴中不停地谢着,约我过两天来家里吃熊掌。娜佳的妈妈有意无意间随口说了一句:"还是你给我贴的那个东西好用。"

听到这儿我无语了。八九点钟,姐打来电话:"这次北极圈之行,让我对你俩放心了。"

米萨的名气,如日中天一般雄起。他在这个地方,显然有了很大的名望,成了富甲一方、举足轻重的大人物。

当米萨的木材生意越做越大,同时,也和多国的石油大亨们联系密切,对于黑松林的木材采伐就显得不怎么专心了。

在姐的劝阻之下,米萨还是放弃了其他生意,一心一意地做着木材生意。

正因如此,我们每个月的采伐量近万立方,导致了许多的鸟儿失去了栖息地,不同程度地破坏了这里的自然生态。

红嘴鸥,这种穿越于昆城和西伯利亚的候鸟,在春暖花开的时候鸣叫着,极度优雅地来到了属于它们的地方。

当初的和谐变得不存在了,是我们毁坏了它们的家。哀鸣声阵阵,穿透了整片森林,钻进了姐的心扉。

鸟族的人,对于鸟的情感,那是无法用言语去形容、感悟的。

从那天起,她很果断地,忘记自我般,每天驾车穿梭着,拿起了小锤、小锯,为了这些鸟儿建起一个个的尖顶、圆门、漂亮的小鸟屋。一百,一千,三千,六千,九千,一万……

结婚四五个月的她,小腹已经微微隆起。

这真是:

> 高洁鸟女恋小鸥,
> 身怀三甲不歇留。
> 尖顶小屋鸥仔孵,
> 怎知她累心更苦。
> ……

她显然是有了身孕。我和米萨都曾劝过她,希望她能放弃,不要再这样忙碌了,回家静养。

她的回答无疑是坚决的:"不!现在是红嘴鸥的繁育期,它们的孩子也要出世了,我还要去给它们置办礼物呢。"

说完,她看了一眼自己隆起的肚子,顿时让我和米萨都无言以对,最后不得已而同意。

天不遂人愿。这个季节对于西伯利亚来说是多雨的,狂风肆虐着黑松林。

她的心血,忽然被一夜狂风吹散,无数的雏鸟从小窝里掉了出来,在地上挣扎着,哀鸣着。

那是对生的渴望,那是对这个世界的眷恋。

大鸟落在它们的身边,用喙推动着它们,用尽全力想要从地上将自己的孩子带回家,只是,它们做不到……

那是动物的本能,是生物对后代的爱护。

姐出发的次数显得更加频繁,没日没夜地出入于森林和城镇之间。她在为它们争取时间,她在为它们重新制造一个又一个家园。

可是，数量太多了，每天的工作量对于她而言显得有些大。

经过她的努力，抢救了很多小鸟，可依然还是有很多的鸟儿就这样逝去，一个个幼小的生命离开了这个世界。

姐在这个时候做出了一个很荒唐的决定。为了识别每一只自己救下的鸟儿，她竟然跑遍了西伯利亚周围的所有城市，将首饰店里的金、铂戒指全买了下来，一一套在了它们的脚上。

与钱无关，她的举动一时间让我和米萨百般不解。尤其她这样显得有些疯狂，不由得让我感觉有些担忧。

"又是两个月过去了，鸥仔们已在学习飞翔了。夏天过后，鸟儿们会带着这些指环飞回昆城，那里是我的家乡，它会告诉我所有的亲人们，我在异国他乡，生活得很好。"她的语气之中有些失落，还有无数的眷恋，可是她眼神之中闪烁着坚毅的光芒。

听罢，我的内心"扑腾"了一下，用不确定的眼神看了她一眼。

是的，异国他乡，我们出来已经很久了。在这个地方，忙碌得让我没有时间去想远方的家人，可姐不是我，她的思念，她的内心，已经到了一种超越精神的境界。

然而，米萨是一个莽汉，他不会细心地感觉到这一切，也只能经常性地劝解着姐，或者偶尔出手帮助一下，减少她的工作量。

由于时间极度缺乏，我和米萨将生意越做越大，创造的财富也是越来越多，可是，对姐的关心却越来越少了。

米萨的脚步已经迈进了石油商圈，三口探井同时开钻。

他还不能说是一个石油大亨，可是在这儿已经很难找到像他这样综合性的人才了。在这儿，他的身份地位更加重要。

我和娜佳，总保持着一定的联系。我偶尔会抱着一大堆的零食，守着电话，就这样没有任何目的地聊上一夜。

那边总是咯咯地笑着，偶尔会说点学校里的趣事，调节着气氛。

硬币一个接着一个地往电话里投，我们乐此不疲。

脚下那只小狗宝贝趴在我的身边，自己听得累了，时不时地用不满的眼神瞅我一下，然后低下头来继续憨憨睡去。

一个风雨交加的夜里，我和娜佳刚刚通完电话，趴在沙发上迷迷糊糊地睡着了。

第十六章　鸥屋泣歌

一阵急促的电话铃声响起，我有些不满地看了一眼时间，天还未亮，可电话却是这样的准时。

当我接起电话，传来了米萨焦急而不安的话音。

他告诉我，姐不知道什么时候独自开车出去了，到现在还没有回来。

短短的一句话，我似五雷轰顶，一下子懵了过去。是的，我内心不由地焦急了起来，那种感觉不言而喻，让我坐立不安。

"他妈的！"我大吼了一声，"你到底做了什么？"

"没……没……没做什么……"米萨在电话那头结结巴巴地说着。

我随后将电话挂了，开着车，发疯般向着他那边赶去。米萨整个人看上去异常憔悴，脸色苍白得就像个死人，坐在家里的沙发上，双手紧握着。

当我带着湿漉漉的水迹冲进去之后，他一下子从沙发上站了起来，快步赶到了我的面前。

"你还待在这里干什么?"我怒吼起来,"还不多派些人手出去找她!"

我的出现,让米萨有了一点点的主见,急忙跟着我出门,驱车进山。

来到了伐木场,在工人们居住的地方,我把姐失踪的消息告诉了大家,工人们听到后自发地成群结队去寻找姐了。

黑松林是何其的大,纵然知道姐肯定会在这里,但我们都快将整片森林给翻了过来,姐的身影依旧没被发现。

我的内心,随着时间的推进,开始变得冰凉。

就像这天一样,下着雨,像是哭泣,像是喘息,更像是血从心底喷出般痛苦。

那种不好的预感,让我像是热锅上的蚂蚁,坐立不安。

我心里念叨着:"千万别出事,别出事……"

时间一分一秒地过去,就像是一把无情的刀,刮着我的内心,疼得我整个人痉挛成一团,无力地倒在了地上。我背靠着一棵大树,在那里剧烈喘息着……

米萨来了,整个人就像发疯的狮子一样,发出阵阵低吼,声声撕心裂肺。

他像泄了气的皮球,一下子坐在了我的旁边,没有说任何话……

就在这沉闷、可怕的痛苦中,整整一夜过去了。

该找的地方都找了,姐依旧下落不明!

东方的天际微微发白，启明星升起，阳光终于穿透了乌云。雨停了，风儿却刮起来了！像是悲伤的波浪，飘洒于森林之中，吹动着树干，扫动着叶子，哗啦啦奏着不知名的悲歌。那被吹动的湖波传得好远好远，就像是无情的流水，那声音，宛若悲者的哀鸣，声声透着悲凉。

"啊！"不远处的森林之中，发出了一声惨呼，让寂静的森林变得惊悚。

我没有时间再去理会米萨，也不知道哪里来的精神，一下子冲了出去，三步并作两步，跌跌撞撞，快步向着发声地点跑去。

沼泽旁，已经站着十来个工人，他们低声说着什么，可是我大老远就看到了他们那惊恐和不安的表情……

我的心，一下子沉到了低谷之中。走近前去，眼前是一片偌大的沼泽，也很快看到了一个人的身体。

一个女人，全身泡在泥水之中，已经没有了声息。只是她，是趴在水中的。

我根本看不清她的容貌，只在心里说着："不！那一定不是姐！"

众人合力，将那水中的人儿抬了上来。

洗除去脸上的污泥之后，我的内心仿佛遭受了雷击，轰的一声，我再也站不住了，整个人摇摇欲坠。几个工人发现了我的情况，快步上前，将我扶住，避免我摔倒。

"啊……"痛苦的声音从我身后响起,米萨那雄壮的身体像是旋风一般从我身边刮过,一下子冲到了姐的跟前。他紧紧地抱着姐的身体,无论怎么去叫、怎么去唤,姐就像是一个安详的婴儿一样,自始至终都没有一点回应。

"不要啊……"

沙哑的声音从我的嗓子中传出,仿佛空气都跟着一同颤抖……

我向前挣扎,可眼眸之中开始模糊。我都忘了哭,我只想抓住眼前那如同睡着了的人儿,想要再一次摸清楚、看清楚、知清楚、感清楚。我想,这肯定是假的,肯定不是真的……

她的身体还是那样的柔软,手臂还是那般的光滑……只是没有了震颤,没有了温度,没有了胴体的感觉,一切都是那般的冰凉……

突然间,我发现她的右手紧紧地握着,指缝间露出一小截挂绳。我知道,那是我送给她的皮影挂件。姐啊!姐……你到了最痛苦的时候,还惦记着把挂件摘下来还给我……

我把挂件从姐的手里拿了下来,想重新再戴回姐的脖子上。

"不,不,不……她曾经向我说过,这是你们家里的祖传之物,她先戴几天感觉感觉新鲜,以后就还给你。现在她已经走了,你还是把它拿回去吧,一是了却她的心愿,二是物归原主。"米萨哽咽地说。

他的话音未落，我已泪如泉涌。

工人们看着我，静静地站着，谁都没有说话。他们高大的身躯想为我们挡住外面的风、森林中的冷，还有这一切的悲情。

但是，无论如何却挡不住我内心的悲痛……往事历历在目，昔日的话语、气息和容颜……带着悲凉的哀伤，以及难以诉说的情怀。

一个追求着幸福的女子，一个为了爱而远走他乡的人，却无法得到自己的爱情。

远走他乡的她，竟陷入了冰冷黑暗的世界，想要从此沉睡。

是谁，在我的内心留下了那难忘的记忆？又是谁，带走了我的全部？

是你！

那个为了挽救小精灵们努力的人儿，成就了三个男人的女人，却无法释怀内心的忧伤，带着自己的眷恋，去了另外一个世界。

这潮湿的沼泽，也仿佛带着哀叹一般，周围安静得没有任何声音。

"啊……"

米萨的声音透过森林，穿过沼泽。

"啾啾……啾啾啾啾……啾！"无数的红嘴鸥，仿佛被惊动了，也带着悲伤与凄凉，唱着婉转的哀乐。你们，在为她送行吗？

清晨，午后，黄昏……

我忘记了疲倦，忘记了饥饿，手里紧紧捏着那皮影挂件静静地坐着，听着，我一直无法接受这个事实。

沼泽的岸边，是姐挣扎过的地方，有着清晰的两道三指抓痕，水中不远处一个鸥巢被木杆高高地撑起……那两道三指抓痕向它而去，是那般清晰，那般深。

我仿佛看到了她对生的眷恋，也看到了她对于生命的珍视，那爬行，那挣扎，那一次次对生命的求索……

> 那夜后背的灸热，
> 今日泥水的冰凉。
> 生若夏花的绽放，
> 去如雪莲的净洁。
> ……

只是，无情的阴雨让这里变得松软，最后她就这样……

姐已经有了六个多月的身孕，她的小腹早就高高隆起，那个小生命，你还没有看到这个美丽的世界呢，你会怪我们么？

我内心抽搐着，以至于整个身体像是被抽尽了所有的力气，意识也随着姐的身体被抬走，一点一点地陷入了黑暗。

痛，痛，痛，已经无法让我哭泣，可是我内心之中有恨。

看着米萨那悲戚的眼眸里带着泪水，那样无助无力的表

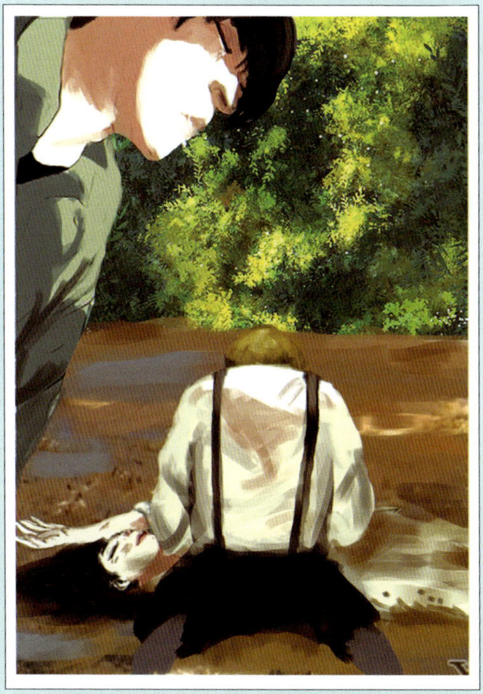

Красноклювая чайка
с кольцом
**戴指环的
红嘴鸥**

情，我对着他的面颊狠狠一拳，米萨一下子就瘫倒在了地上。

"是你没有保护好姐！"我咆哮着，怒吼着，莫大的悲伤终于得以宣泄。这一刻，我感觉到脸上有了温热。

米萨双眼空洞，对于我的暴力，没有任何的表示，只是愣愣地看着沼泽的方向，看着那两道三指抓痕。

我最终体力不支，再一次倒在了地上，嘴里叫着"姐，姐，姐……"

我的手伸向前方，好像看到她对着获救的小鸥在笑，她在对着我笑，我想要将她抓住，想要将她留下，可是，就在我眼前一黑之际，所有的景象又消失了……

当我再一次醒来，这里已经布置成了灵堂，米萨守在姐的身边，静静的，那粗犷的脸上满是温柔。我站在前面，注视着她那美丽的容颜，却是那么的安详。我想，她在梦里找到了自己的爱人吧！纵然，她还怪他，可是她却爱着他。

三者间的微妙，谁都说不清姐腹中那孩子的身份。但有一点，她的心永远属于他。怪谁？

姐被安葬的那一天，黑松林的市民们来了许多许多，他们都被姐为拯救小鸥而献身的故事所感动，一枝枝送挽的白花堆得像小山一般。

我们将姐的骨灰撒在了她热爱的黑松林之中。

那天，天空中飞翔的红嘴鸥非常非常多，一会儿高飞，一会儿低翔，啾啾的叫声是那般凄凉，仿佛在为它们的主人唱着挽歌。

那天,我又独自来到姐逝去的地方,岸边一棵倒下的大树挡住了我走向湖中的步伐。我翻越了几次,都未能成功。当我再一次摔倒在大树旁,轻轻地扣剔着树干上青翠的苔藓,感悟着,迷失着,向往着,自责着……我展开双臂,拥抱着这巨大的躯干。

突然,我仿佛感觉到,这就是姐,这就是她的高大,她的伟岸,她的纯洁,她的宽阔和珍爱……

也不知道什么时候,我爬上了树干。

满天星斗,我一寸寸地吻着这芳香的树干,慢慢地从树干的粗壮处向树梢爬去,又慢慢地从树梢爬向树干的粗壮处,又从树干的粗壮处向树梢爬去。一寸寸、一寸寸……我终于止住了向湖中走去的念头。

这时天已大亮,我迎着初升的太阳,大吼了一声:"姐,我永远爱你!我会把你没有做完的事情全部做完!"喊叫声中,我晕了过去。

当我再次苏醒时,阳光温暖地照在身上,有人在用棉签为我涂抹着药水。我想大喊一声,但不知为何,嘴和舌头都不听使唤,我只好用腹音轻轻地喊了一声"娜佳……"然后我睁开了眼睛,果然是她。

娜佳轻轻地说了一句:"你已经昏睡三天了,是伐木场的员工救了你,把你送回了家。那时你浑身是血,吓死人了。"

娜佳继续说:"你个傻瓜,你个情痴,你个爱情呆子,你真以为那棵躺倒的大树是你的姐啊?哪有像你这样不要命的。"

她随手拿起了一份病历给我念着:"双肘严重磨伤,筋骨外露……"

这时我才感觉到两只胳膊都被厚厚的绷带缠裹着。

娜佳继续念着病历:"盆骨处严重皮肉损伤,左侧盆骨骨骼外露……"

听到这儿,我又隐隐约约地感觉到了腹部的阵阵疼痛。

"……双膝关节皮肉组织严重损伤……"娜佳把病历扔到了一边说,"我还是给你涂药吧。"说着用棉签蘸着药水,在我的小腹下部涂了起来。

我不好意思地躲了躲。

娜佳笑着说:"都成这样了还不好意思,别动,涂不上药万一感染了,你的下半生尿尿就得接根管子了……"她的话还没说完,我的眼睛里已充满了泪水。

那年暑假,娜佳就这样整整照顾了我一个多月,喂我吃饭,为我涂药、换药,扶我行走,直到我完全康复。我与娜佳的人生情结也慢慢地凝融在一起了。

那些日子里,我每天看着她的身影,都暗暗地念叨着:"这个女人值得爱,我会爱她一辈子。"

在这种温馨的氛围中,姐的身影时不时还浮现在我的眼前,那种痛楚,那种不可磨灭的精神缠绕,那种细胞的关联,那种刻骨铭心的记忆……仍一次次冲击着我的情感神经,让我思绪游离,让我时时不能忘怀。

那段日子我和米萨一样,浑浑噩噩的,不知道如何度过。自那以后,米萨就像被抽空了精神一样,一蹶不振。

第十七章　故地学技

那日后，米萨偌大的生意，就像没了主心骨一般，乱成了散沙。

我鼓励过米萨，想让他从这种状态中醒来，可他自始至终都沉浸于姐死亡的阴影之中，无论怎么劝怎么说怎么骂怎么打，都无济于事，他都是那般昏昏沉沉，无法解脱。

我的内心和他一样，但我又不想让姐的心血就这样付之东流。我强撑着，努力地工作。

伐木厂还得伐，运输的火车还得跑，三口石油探井还得继续打。所以，我们必须要振作起来。

周围的朋友们尝试着给米萨再找一个爱人，一个、二个、三个……米萨统统没有同意。

那种让米萨解脱的办法，我发现是错的。

那时候，米萨每天都将自己灌醉，生活在醉生梦死之中。优雅的笑声变成了狂妄的肆虐，眼神迷离，带着痛苦和悲伤。他经常出入夜场，每次回来后都东倒西歪。

我试着忙碌起来，只有在那种疯狂的忙碌之中才能让自己不去想不去问，或者不去回忆当初的一切。

只是，那感觉如同记忆深处挥之不去的魔鬼、跗骨之蛆一般如影随形。

在我不停的努力下，生意在原有基础上滚翻着，利润也有了大幅度的增长。

因为我始终记着姐曾给我说的话，"不成功你就不要回国，不成功你就不是一个好男人"。我是这样听的，也是这样做的。

米萨并不能振作，让我内心焦急，于是我有了另外一个想法。姐曾经成就的男人，不应该这么脆弱地倒下去。

米萨是爱姐的，所以……

娜佳经常回来看我，可相处的时间久了，慢慢地我发现我们之间的情感，总有那么一点点的缺憾。

再一次去莫斯科送她回到学校后，独自返回的那天下午，我又遇到了那些吉卜赛的姑娘们，还有她们的老族长。

老族长饱经风霜的脸上带着微笑，热情地招待了我。他告诉我说："过些日子，我们也去黑松林。"

回来后，我专程去见了米萨，他还是那样的醉生梦死，无法振作。我负责任地对他说了一句："给我半个月时间，让我回国一趟，除了处理一些贸易事务外，我争取把她给你找回来……"他一会儿摇头，一会儿点头，一会儿傻笑，真不知道他是什么意思。

回国后的几天里，经过几次谈判，内地与黑松林的生意得以顺利发展了。

我想去昆城看看，那个姐出生的地方，她生活过的地方，或者见见她曾深爱的人，告诉他和他们……

我的想法很多很多……但是，最终目的还是想着去昆城，顺便给米萨找一个"姐"——新妻子。

又准备了两天时间，飞机划过天际，经过几小时的飞行，我终于停在了昆城机场。当吸了一口这儿充满乡土气息的空气之后，我感到了无限的舒畅，积攒了无数时间的悲伤，一下子被替换了出来。

在这儿，有她的影子。她曾说，那美丽的鸟儿不知疲倦地穿梭于西伯利亚黑松林和昆城的滇池之间，可惜，现在不是冬天，我无法见到那些美丽的精灵。

走在人群拥挤的大街上，走着、走着，我忽然发现这儿与俄罗斯的不同。这个世界显得太拥挤了，太近距离了，太稠密了……

我由起初的漫不经心，到最后专程去了昆城的那所名牌大学，我想要去思索什么，去感悟什么，去寻觅什么……

这季节的昆城已经很热了，尤其到了晚上，坐在绿荫下的长椅上，晚风吹动让人感受着无尽的惬意，让人清爽无比。

可是，内心之中总会有一个声音向我诉说："我很冷，我想回到这儿。"

这是姐学习过的地方，这里有着她的童年、少年、青年……所有的记忆。

姐离开这里已经三年了，其中最后的一年她走得太远太远，让我们永远无法相见。我走着姐走过的路，去阶梯教室听课，走在池塘边的小路上，去试想，姐会不会重新出现？我每天都在祈祷着思索着期盼着什么……

无以名状的驱使，让我驱车沿着滇池南岸的山路来到郑和故里宝山。那天的炙热来得太早，不到上午九点就已热到了三十四五度。我在湖旁的土山上漫无目的地行走着，面颊上一会儿流淌着汗水，一会儿流淌着泪水……郑和下西洋的历史画面一幅幅地从我眼前逝过。

那庞大的船队，那高耸的桅帆，那精美的中国瓷，那漂亮的丝绸、绣品，那一位位勤劳勇敢的水手……这里的每一寸土地，都从我脚下一步步向我传递着那个时代的历史线条。这种传递，一会儿让我悲，一会儿让我喜，一会儿让我哭，一会儿让我笑。

几百年前，郑和就有了那样大的国家支撑，尽管目的地是那样的遥远。他们的庞大与我们的渺小、成功与失败、收获与付出，驱使着我在脑海中不停地问着为什么。

烈日中，我将外套脱了下来，挂在了身旁的小树上。又走了一段，我将衬衣也挂上了树梢。再走一段，长裤挂上了树权……

当我静下心来回头再看，发现自己已经走到了南岸山峦的高处，身上只剩下一双棉线袜、短裤和背心。我坐了下来，歇息一下，还好，迎面有清凉的微风阵阵袭来，将我内心原有的燥热平息了许多。

我顺势躺在那山坡上，伸了伸懒腰，望着蓝天，轻轻地问着自己："人生何必自寻这么多的烦恼？"好一会儿，没有任何回复。

我又一次大声地问道："苍天，你为什么让人们有这么多的烦恼和痛苦？"许久许久，还是没有任何回复。

我口中念叨着："天呀，你不应，我只有去聆听和感悟这大地的信息了。"

我的胸膛与隆起的土地亲密无间，左耳紧挨在地上。

在我们老家有一个说法：左耳听世界，右耳听母音。我就这样听着、传递着、接收着郑公故里百年沧桑的递送。

不知过了多久，我发现耳朵下的黄土已被汗水和成了泥土，胸口也不知为什么那么的痒痒。

我坐了起来，先抚去了沾在耳朵上的泥土，再向胸前细细一看，发现是有那么五六只黄米粒儿大小的蚂蚁在我胸前爬动，它们是那般的渺小。

我轻轻地把它们一个个捉起放在掌心中，用惊奇的目光细细地看着这些小东西。

我大声地说着："欧琴麻伶尕！欧琴麻伶尕！"（俄语非

常小）。

然后，我把它们轻轻地放回了大地。

突然，一种豁达、敞亮、痛快感让我头脑清醒，茅塞顿开。我嘟囔着："这趟没白来，让我知道了这般这物。"我明白了，这是一种五百多年古远地气与我之间的传递，我也明白了，这是一种久远生灵之间信息的传递。我在宝山再一次找到了答案。

我们每一个人在历史长河面前，都如同那蚂蚁一般弱小，只有辛勤劳动才是人类财富的永恒。

归途中，我打扫残局般一件件地穿好了衣物，趁着夕阳向北岸驶去。

傍晚，北岸昆城湖畔的鸟儿们依旧成群结队，唯独没有红嘴鸥。

我手提着鸟食，漫不经心地撒向了湖中。

"扑棱——扑棱……"鸟儿们争先恐后扑上来的声音，一下子传了过来，它们在空中舞蹈着，向水面俯冲着。就在我愣神的瞬间，不远处传来了阵阵笑声，我想应该是女孩们看到了漂亮鸟儿后发出的笑声吧。

我回过头一看，那一瞬变成了永恒。我真不敢相信这是真实的，可我的眼睛难以置信地接受了这个现实。这一刻，我又见到了姐。

那洋溢着青春的微笑，红润美丽的脸庞，犹如瀑布一般的黑发，与姐一模一样。

姐又从天上掉下来了吗？我内心这样问着，这么想着，这么猜着，这么疑惑着……

我边想边快步迎了上去，可她没有一点察觉，没有丝毫的防范，也没有向我投来一点点相识的目光。

我冷静地醒悟了过来，是的，她长得太像姐了，可以说两者是从一个模子中刻出来的，比孪生姐妹还要像。但是，在我感叹大自然的神奇之下，诚然了解，她并不是姐。

想着，迎着，快步走着，我忙想上前和她说话，谁曾想，我的鲁莽，惊吓唐突了佳人，惊叫声中，她快步消失在茫茫人海中，让我没有跟上。

相像也罢，相似也罢，相近也罢，她俩真是太像了，我用一模一样这个词来形容都毫不过分。

几天来我在昆城的大小街道上漫无目的地行走，其实我是在寻觅，大海里捞针般，希望再次去相遇她。一天、二天、三天……每天回复我的都是徒劳、无果、白忙活。

一周后的一天，我郁郁地独自又去了昆城湖畔，倚着护栏从怀中掏出一支雪茄点燃，借着那淡淡的轻烟，望着天空飞翔的小鸟、碧波上游嬉的鸭群和那粉艳的荷花……

突然我发现了和姐长得一模一样的她，我惊叫了一声。

她并没有注意到我，一个人安静地行走于湖畔，看看这里，再看看那儿。这里的景色宜人，吸引着她。

这正是：

自古天下多奇事，

　　天造孪女各一方。

　　不是让我亲眼见，

　　以为倩姐出地藏。

一路紧随，最后还是惊动了她，被她发现。可她并不确定我的意图，不敢叫，不敢喊，唯有加快步伐，快步地往回走着。她要去的方向，是昆城的那所名牌大学。

但我并没有就此放弃，一直跟着她走到校园内的一栋女生宿舍楼前时，她突然发出一声大叫，在别人吃惊的眼神中跑进了楼道。她这样跑进去，显然表现出对我的害怕。

看她跑进楼内的瞬间，我一下愣住了，随即苦笑起来。虽然知道自己犯了一个很严重的错误，可我内心并没有觉得不妥，可惜的是，我还没有问上那个女孩子的名字。

这一刻，我脑海里只有米萨，只有姐，只有过去的点点滴滴。一切的往事重归脑海，让我难受得无法淡然。

就在我情感激荡之时，从楼里一下子冲出了四个怒气冲冲的女生，刚才那个姐一般的女孩也在其中，只是落在其他三个女生之后。四个美女齐刷刷站在我的面前，她带着怒气，指着我喊道："就是他……就是他……他已跟了我好几天了。"

语气激动的她，一只手指着我的鼻子，另一只手边比画边和同学们说着。

愣愣站在原地的我，享受着美人的呵斥。

几个女孩子表情各异，但在她们每个人的身上都散发着青春和魅力。她们看到我之后先是一愣，很快，其中一位装出了一副大姐大的样子冲到了我的面前。

"喂，你就是刚才跟随我们小妹的色狼吗？"

这种质问让我感觉那般的尴尬，我没有否定，诚恳地点了点头。我的反应倒是让几个女孩子不解了，从外表上看，我自然不像是坏人，也没有一副流氓的长相，只是我的跟随稍有点鲁莽和草率而已。

"臭流氓！"看着我的文雅、淡定，这女孩子一下发威了，说，"你跟着她有什么见不得人的目的，想干些什么？"

我摇了摇头，轻轻地说道："没什么见不得人的目的，只是她长得很像我曾经的一个故人，唐突了！对不起。不过，我可不可以和那位小妹谈谈呢？"

这个要求显得很无礼，甚至可以说过分。

几个女孩子对我心怀戒备，在我目的尚且不明确的情况下，她们能不抱有戒心吗？她们一个个眉头皱着，怒气冲天，看在我还不像坏人的份上，已经很客气地没对我动手，而我却不识好歹，提出这样那样的要求。

"这个我不能决定，得看她的意见。"最后，这个装大姐大的女孩子收敛了所有的怒气，皱眉说道。

第十八章　昆湖续缘

"好的，好说、好说，我先谢谢你，我们也别都站在这儿，像是要打架一样。我请你们去吃过桥米线，顺便谈谈，好吗？"我轻轻地这么说了一句。

自觉不自觉地，所有人都将目光落在了她的脸上，等候着她的回答。

我的眼神之中带着急切，很害怕被对方拒绝。真是的，我从来都没有这么紧张过。

她沉默了好久好久，有些不确定地看了我一眼，然后看向自己的同伴，最后勉为其难地点了点头，轻轻地说了声："可以。"

我们在湖边的一个米线店里坐了下来，这里的空气异常清新，周围的鸟叫声清得很，老字号的过桥米线更是浓香可口。大家坐下后，气氛才有所缓解。她一直没有说话，直到吃完了那一大碗过桥米线，才发声。

"其实，你这个泡妞方法很烂！"她首先开口了。

"呵呵……何以见得？"我笑着不停地摇着头说。

"长得像熟悉的人？这种手法我不是第一次遇到了。"她愤愤地说道。

"那你为什么会答应我？"我笑着问她。

她摇了摇头，说道："不知道为什么，我看到你眼眸之中，闪现的目光是那样的让人悲伤。"

我不知道该如何接她这个话题。这里的环境太过于静怡，当我们都不说话的时候，能听见的，只是那清脆的鸟叫声，还有那微风吹动树叶的沙沙声。

我还是将我想说的话都说了出来，关于姐一切的一切，就像是有了诉说对象一般，认真地缓缓地，却又带着缅怀，一句一句地说了出来，讲述给大家。

她们都听得很认真。

"啊！她和我们学的是一个专业，竟是我们的学长。"大姐大说着。

"差别在于人家是博士生，我们是硕士生。"另一个女生接着说。

"我们也有优势，咱们的第二外语学的就是俄语。"另外那个女生这样搭了一句。

唯她更为细心，还时不时地问这问那。听着听着，她眼里的泪水也流满了面颊。

"米萨呢？"她听完之后问道。

"在西伯利亚黑松林,整日酗酒,已不成人形!我想请求你……"

说到这儿,我再没有勇气说下去,自知下面这个要求有些太过分,显得更加自私。

她没有做出任何反应,静静地看了我一眼,然后将目光放在了池塘水面上,渐渐远眺,陷入了久久的沉思。

"有话就直说,有屁就快放!婆婆妈妈,真让人难受!"女生大姐大打破了这种沉默。

"一个奇女子,成就了三个男人,可惜,自古红颜多薄命。"她叹息了一声,就要起身,问道,"我如何才能联系上你?"

我热切地掏出了名片,快速地递给她们每一位,嘴里叨叨着:"反正你们马上就毕业了、停课了,面临着求职,有的是时间,欢迎你们一起去黑松林,我负责给你们办签证,买机票。说句真话,就因为你们我又耽误了一周时间。"

在昆城的时间过得很快,我的痛苦并没有随之减少,相反,当遇到和姐一样的她之后,显得更加沉重。

我偶尔也会自私地想着,若我和她能在一起……

可这种想法很快就被自己抛却。她是她,姐是姐,姐在我心里的位置,是不能被任何人代替的。我又想起了米萨,想起了他每日的痛苦,脑海里所有的想法都随之不见,剩下的,只有深夜之中无助的祈祷。

米萨,需要振作。米萨,需要她去拯救。米萨需要彻底的复活。

就在我耐不住快要离开这里，回到黑松林的前几天，她联系了我。

"我还是一个人去看看吧！"

她的语气是那般的淡然、刚毅和自信。

那天我一夜未眠，暗暗地为米萨庆幸，他有了复活的可能。我也暗暗地为姐庆幸，她有了化身，我更暗暗地为自己庆幸。她像一个美丽的精灵，奇迹般地降在我们当中。

第二天一大早，我跑到那栋女生宿舍门前，久久地徘徊等待。

当她从楼门口出来的一瞬间，我冲了上去，紧紧地拉着她的手说："我替我的姐谢谢你！米萨有救了！我们的公司有救了！我们的事业有救了！"

当着那么多的女生，她的脸瞬间绯红，挣脱我的手，坚定地说了一句："你去办手续、买票吧，我一定跟你走！"我高兴得发疯般转身跑了，边跑，边喊："谢谢啦！你等着我来接你！"

办手续的过程中，我知道了她的名字——欧阳玉，也可以简称欧玉。鬼斧神工，神秘造物，姐叫白羽，她叫欧玉，她们长得那么像，她们的名字也这么像，真是让人百思不解……

这才叫：

戴指环的
红嘴
鸥

为救米萨回昆乡，
巧遇鸥女与她像。
风情万种侠义强，
这种见面助缘忙。

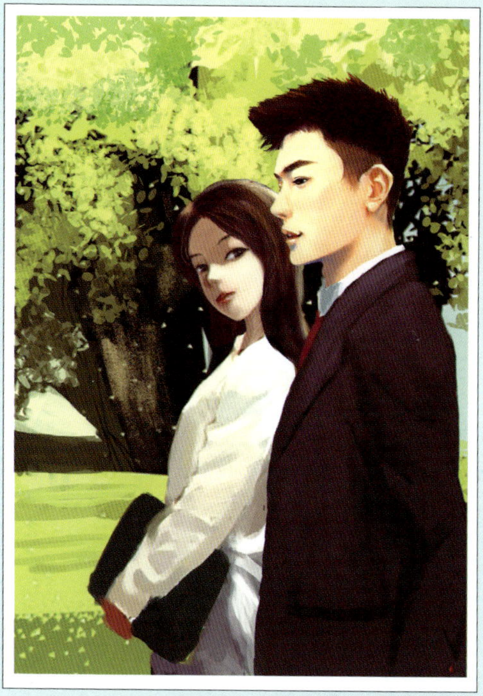

Красноклювая чайка
с кольцом
**戴指环的
红嘴鸥**

第十九章　大熊重生

　　飞机落地，当她第一次见到西伯利亚黑松林时，由衷地说了一声："这儿好美呀！"

　　这里的空气依旧是那么的清新，鸟鸣声声，雁雀嘟嘟，红嘴鸥啾啾……优雅得让人内心难以平静。

　　我有些迫不及待地将她带到了米萨的住处。

　　阳光明媚的下午，可屋门依旧紧闭着，很显然他还没有醒来，没有起床或者还在宿醉之中。

　　我打开了房门，昏暗的环境中，让我感觉到了一阵阵的酒臭味，她已忙用手帕捂住了口鼻，我赶紧把大门敞开，通通风。刚踏出半步，一不留神就踢倒了地上的酒瓶，"咣当当……"空荡的房屋内回荡着这个声音，如同心碎一般。

　　"是你吗，金？"米萨沙哑的声音传了过来。我很诧异，他还能准确地辨别出我的脚步声。当我打开客厅三层的吊灯时，我彻底地傻眼了。

　　这时的米萨哪里还有我刚见到他时的体面？蓬头垢面，衣衫皱巴巴的,胡须也不知道多久没有处理了,乱糟糟的,犹如野草一般铺在脸上。

他斜靠在墙角旁的三人沙发上,光着脚丫子,脚下放着一瓶还没有喝完的伏特加。也许是被强光刺到了,他闭着眼睛,单手遮光,另一只手夹着雪茄,缩坐在那儿。

"米萨,你来看看吧!看我把谁给你带来了?"我说话的时候,已将她推到了前面。

米萨极不情愿地睁开了眼睛,他的眼神之中满是迷茫、无助、伤心和沮丧。

她看上去有些紧张,当看到米萨那个狼狈相时她轻轻地一笑,只是,有那么一点勉强。

然后,她轻轻地用俄语问了一句:"你好吗?"

"啊!"米萨发出了一声惊叫,一下子从沙发上爬了起来,也不顾自己光着脚,跌跌撞撞地就冲了过来。

当米萨离她还有一米的距离,他停下了自己的脚步,极其不确定地揉着眼睛,最后还重重地扇了自己一记耳光。这一下让他清醒了许多,终于发现自己没有做梦。

突然,米萨一下子将眼前的女孩紧紧抱住,没给她任何的思想准备。

她轻轻地挣扎了一下,但米萨那熊一般的身体,她怎么能挣脱呢?

他一边轻轻地叫着姐的名字,用汉语诉说着对姐的思念,表达着自己的歉意和欣喜，一边将她抱得更紧。这紧紧的搂抱甚至让对方脸上有了痛苦的神色。

我没有再说任何话语，独自离开了这里。出门的时候，我将门轻轻地关上了。

我知道，米萨有很多的话要和"姐"说，好多好多。我的内心没来由地痛了一下，难受地坐在了门口的台阶上。

屋里传来了米萨低泣的声音、悲伤的言语，还有很多很多的情话……

我静静地坐着，任凭太阳烘烤，浑身炙热，全然不觉。也不知过了多久，我从这种反应中醒来，起身，慢慢地走开。

我直接走到了房东的院中，还没叩门，房门已经打开，房东和房东太太高兴地迎了出来说："金，欢迎！欢迎！我们知道你回来了，但没想到你刚回来就来我们家了。贵客临门，欢迎欢迎。"

"不用欢迎，不用客气，我们是好邻居、好朋友，我这次从昆城回来，给阿姨带了一件丝绸上衣，上面还绣着孔雀图案呢，希望阿姨喜欢。"说罢，我双手将衣服递上，说，"您试试，看合不合身。"

房东太太连连说："斯巴西巴……斯巴西巴……（俄语谢谢）"高兴地扭哒扭哒走进里屋试衣服去了。

"噢！噢！噢！忘说了，我还给您带了一件我们那儿的古老乐器——陶埙，我给您吹一段听听？"

"好……好……好，吹吧吹吧，好听我也跟着你学。"房东连连点头说。

我打开包装盒，拿出其中一个陶埙，轻轻地吹起了电视连续剧《三国演义》主题曲："滚滚长江东逝水，浪花淘尽英雄，是非成败转头空，青山依旧在，几度夕阳红……"

音嗡嗡，声颤颤，曲鸣鸣……我还时不时停下来，清唱两句。听得那房东激动万分，手舞足蹈地打着节拍，连连说着："真好听……真好听，你能教我吗？我年轻时也曾吹过长笛呀！水平还不赖呢！专业术语，叫有基础。不错……"

听他这么一说，我连忙说："好的，好的，我来教你吹，咱俩一块练。一定会成为这儿的埙霸——老少双埙。"说罢，我从礼品盒中，又掏出一只个头稍小的陶埙，并告诉房东："这只是高音埙，刚才吹的那只是低音埙。两个埙合起来吹，就是一个非常好的组合了。"

房东连连说："毛日那……毛日那……（俄语可以）"

从那天起，房东变成了我吹埙的学生，每天吹两个小时。由于他有吹长笛的基础，又懂乐理，因此，进步非常快。不到两周的时间，他已能吹出些调调来了。

一天，我从外面回来，从房东的屋中，传出了《三套车》的陶埙曲调，不一会，还听到房东用他那浑厚的男中音唱着：

"冰雪覆盖着伏尔加河，冰河上跑着三套车，你为什么这么忧伤……"

我边听边笑,肚里暗暗地说,万里之外,又有了一个知音,真是难能可贵。

在我离开的这段时间,公司里的事务积攒了很多。我埋头忙碌起来,整整一天一夜没有离开办公室半步。

第二天,我见到了米萨。他恢复了以前的状态,生龙活虎的。

"谢谢你,金!她回到了我的身边。"他激动地拍着我的肩膀,对我笑着说道。

我没有说什么。面对着米萨,我总有些歉疚,虽然他娶了姐,可我至今还在设想,姐肚子里的孩子是……

"也没什么,若可以,我想离开几天去休假。"我说道。对此米萨一笑,也许因为那个女孩,他的心境已经变得不一样了,又有了努力的动力,对于我而言,也是一件好事。

"不,不,不,金,我俩请你吃完一顿晚餐后你才能走,我才给你假。"

那顿晚餐用得很愉快,我们三个像一家人一样,喝着红酒,品味着烤鹅、鲟鱼块的喷香……整个过程米萨反反复复地重复着那一句——谢谢!你把她帮我找了回来。

正是这句话,让我的心一次又一次地阵痛,神经不停地抽搐,呼吸仿佛窒息……总之,我又快疯了。

失恋是每个人心灵船舶必然迷失航向的时刻,无论你是十八岁还是八十岁,也不论你是男还是女,只要你是一个正常人,这种迷失一定会有!在姐离开我们最初的那些日子里,我每天都会去森林沼泽那里徘徊。实话讲,就是神经质般漫无边际地游荡,每天都是眼眶湿湿的,脑子空空的,心灵伤伤的,是那种从未有过的苦涩感觉。

那些天,我自己的手时不时会不由自主地伸出去,像是要去触摸什么,想去抓到什么,想去抱住什么……

一次次的出手都是空荡荡的。我自己还会不由自主地念念叨叨,像是要去呼喊什么,想去喊叫什么,想去喊回什么……一次次的呼唤都是空的,没有一丝回应。

那种哀伤是一种前所未有痛进骨髓里、痛入脑袋里、痛到指尖里的痛。

现在回想起才明白,那就是失去最初的爱恋、失去至爱情人的悲伤!

第二天,我悻悻地离开了黑松林。

我先去了莫斯科,想去见见娜佳。一天一夜打了几十次电话,她都没有接。这让我疑虑重重,妒火中烧,更是疯上加疯。

我无助地流浪般走着,没有改变前行方向,依然向着那独特的美丽,独特的河流,还有白杨树的丛林。

这条路我不知走过多少回,可这一次,走得有些如释重负,那般欢快。

优雅的歌声响起,是从河边的白杨林里传出来的,走近一看原来吉卜赛部落又回来了。

世人皆知，吉卜赛篷车部落穿游于欧洲各国，历经数百年，歌舞魔术、卜算预测神秘如渊。其秘之首当属吉女，吉女之美，美在奇，美在真，美在灵，美在丰富多彩、风情万种……

任何男人在吉女的多姿妖娆面前，个个都像去了骨的肉、抽去梁的房，似痴、似癫、似醉、似泥、似柳、似瘾而无法自拔。

常言道：吉女爱，爱死人。吉女一代传授一代的御男之术，更是情种绝异人类极限，男人不可抵，遇则难辨昼暗，定欲弃神绝。

她就像是我最亲密的情侣，极尽缠绵。她更像是一只翩翩飞舞的蝴蝶，飘忽不定。她可以用绝美的舞姿展现出最美的自己，诱惑着你来为她倾尽所有。她的喜，她的怒，她的悲伤，几乎占据了我的所有，就像个精灵一般，徘徊在我身边的每一个角落。

那一夜，我犹豫着，步履蹒跚。我想扑过去，又自觉不自觉地退了几步。我的胸中有一股焰火，也有一块洁冰，有欲望，更有克制……这一切的一切，最后都在音乐声中土崩瓦解，理智皆无。

终于，在无法遏制的音乐声中，我走了进去。

余下，几近疯狂。美酒狂舞，为此我也付出了他们美食、舞蹈演出的费用。

那是一场无悔时光逝去的沉沦，更像是一帘没有风花雪月的妙梦。

忘记了所有烦恼，没有任何后顾之忧，我极力地享受着吉卜赛女郎的温柔。

多情、如水般的温柔，倒映着美丽脸庞的篝火，危险情人。吉卜赛部落足迹遍布于东欧、西亚之间，因血缘远、基因优，更是美女如云。吉卜赛酋长卡卡台手下的四大女神甜妙无比，也正是那个末女曾让我的魂魄游离许久……

在同一个地方，见到了同一个部落，见到了末女。

她依旧美丽如始，风姿妖娆，笑脸如花。我见到了卡卡台，那帐篷前，他抽着烟，欢迎着我。

在这里总是会让我忘记太多现实的忧愁，自觉不自觉地跟随着她们游荡了起来，伴随着歌舞，白日的酒红，夜枕美人膝。这样的日子过了许久、许久，我都忘记了如果这样下去的后果，就像是飞蛾扑火一般，奋不顾身。我迷恋于末女的风姿，享受着她的温柔，为了她，我宁愿放弃其他的憧憬，尽管，这是一个温柔的陷阱、无底洞，填不满。

米卡其是部落中的老人，所有的女孩，都从她那里学艺。如今七十多岁的高龄，她仍保持着年轻时的卓越，能歌善舞，对于男人，她比谁都要了解。

"你还是离开吧！"

忽然有一日，当我不顾一切地告诉她，我想娶走末女时，她告诉我："吉卜赛的女孩，只嫁给能守护她们一生的男人，你做不到。"

我不知道她为何说得这么肯定，可是看着她充满睿智的眼睛，仿佛要将我全部看穿一般，无处遁形。我沉默了。

想起了末女的一切、温柔的微笑。

那一夜，我独自趴在破旧的大篷车长椅上，那仙女般的舞姿、夜莺般的歌声，那伏特加的醇香，那葡萄酒的甘冽，那皮鼓的咚咚声，那弦琴的悠扬……都未能让我丝毫地动心。那长条椅的木棱，那大篷车在音乐中的颤抖，仿佛是一条条、一次次情感的关联、激情地探入。我的身体自觉不自觉地抽搐了几下。

可忽然姐的容颜出现在了我的眼前，似乎想要说点什么。突然，末女的美貌也挤了进来。面对着她们，这一刻，我到嘴边的话全部咽了下去，再也没有办法说出口。

他们随着季节而游荡，我跟着他们游走了大半个西部。精神显得萎靡，末女总会站在我的面前，轻轻地笑着。

也许她是知道了我和米卡其妈妈的谈话，每当靠着我的肩膀，总是用迷离的眼神看着我，带着婉转和忧伤。不知为何，在那一刻，我的心抽搐了一下，接着是一阵无形的疼痛，一下子传到了肉体的最深处。

那是灵魂，是我的根本所在。周末的时候，她含着泪水，送我离开。我把身上所有的现金和值钱东西都留给了她。

当火车离开时，我看到她倩丽的身形随着列车在奔跑，努力着，低声哭泣着，却没有叫出声儿……她的双手伸了出来，想要抓住什么。可是,无情的火车发出哐当哐当的声音,最后,她的身影消失在了我的视线中。

这正是:

> 姐走悲痛血在流,
> 米萨有她没了愁。
> 又悲又妒遇末女,
> 吉族篷车解情忧。
> 忽闻忠语春梦醒,
> 转回大河划轻舟。

第二十章　异国情长

我给不了她一生的承诺，我只属于我的出生地，纵然在这里有着属于自己的事业，可是我忘不了……

那些戴指环的红嘴鸥们，它们带着我的思念，翻山越岭，穿越于这两个国度之间。也许我的心停在了那里，再也回不来……

一种难言的情愫，在这广阔的土地上，伴随着风儿的吹动，像是湖水荡漾起的波澜，一波接着一波，晴天碧浪，无穷无尽。

回到黑松林之后，我恢复好了心态。我知道娜佳马上就大学毕业了，有一天她在电话中告诉我，她想去乌克兰，那里离那儿近些……

"不……不……不要去，不要离开。"我在电话这头急切地对她说。久久的沉默，久久没有说话声，有的只是我粗粗的呼吸和她轻轻的泣声。

第二天一大早，我就飞向娜佳的身边。

当我再一次见到她时，她的微笑让我抽搐一下。我轻轻地对她说了一句:"还是回家吧。"

"我才不呢,回家?你说得这么简单?"娜佳张扬地冲着我大声说。

"你想咋样?是不是让我独自回去?还是你独自回去?"我有气无力地说道。

看着我沮丧的样子,娜佳哈哈地笑出声来,一下子抱着我说:"你怕我离开你吗?"

我轻轻地点了点头,嘴里发出一声:"嗯,哒……哒……哒……(俄语是)"

这轻轻的一声"嗯"让娜佳收敛起嬉笑,松开了搂抱我的手臂,站到了我的对面,然后,一本正经地对我说:"只要你像爱姐那样地爱我,我就不会再去爱任何人,我永远属于你!我永远是你工作的好帮手,家中的好妻子,孩子们的好妈妈……"

她的话音未尽,扑通一声,我已单膝跪在她的面前,一边拉住她的手,一边从怀中掏出早已准备好的那枚两克拉的钻戒,戴在了她的无名指上,说道:"亲爱的娜佳,请你接受我的求婚,嫁给我吧!"

娜佳的面颊泛起了绯红,浑身颤抖,激情万分,一把抱住了我的脖颈,在我的额头上来了重重的一吻。吻得那个重啊!亲得那个疼啊!我乘机摘下脖颈上的皮影挂件,轻轻地挂在了她的胸前,娜佳看了又看,摸了又摸,爱不释手,长长地说了一句:"谢……谢……"过了一会,娜佳撒开手,直直地站在我的面前,将我戴在她无名指上的钻戒退下……

看到这儿我一愣,连忙要去阻拦,嘴里连珠炮般地问着:"干什么?你想干什么?"

就在这时,她把那枚褪下的戒指正正地戴在了中指上,然后,表情庄重地对我说:"金,你能再等我一年多点吗?"我急忙打断了她的说话,连连地叨叨着:"为什么呢?为什么呢?为什么要再等一年多呢?"

娜佳看着我那着急的样子,笑了起来,说:"又不叫你白等,我会给你送上一个珍贵的礼物——硕士学位。金,告诉你我已经考上了研究生,你总不会叫我半途而废吧!"

听到这儿,我连连说道:"太好了,考上了研究生为什么不告诉我呢?我等!我等!我一定等你做我的新娘。"

娜佳笑着再一次搂住了我的脖子,嘴里小声嘟哝着:"我只拜托你每周都来看我、爱我……"

从那一天起,我开始计算着时间,那六十多个来来回回的爱情之旅正式拉开了序幕。

为了增加我待婚的自信,第二天一大早,娜佳就领着我去了奥林匹克体育场的假日跳蚤集市。

九点没过,这里已挤满了各种各样的车辆,商贩们打开车门叫卖着、兜售着自己的商品。

娜佳挽着我的手径直向市场中心走去,这时我才发现,市场上,羽绒服、健美裤、化纤羊毛衫……渐渐多了起来。

"侬买些啥自?(上海方言)"

"快来到俺这看看,新货上来了。(河南方言)"

"哪个龟儿子把我的摊位占了,让我咱摆东西?(四川方言)"

"这旮沓有鳄鱼西装扣三元人民币一个,快来看来,快来买了!(东北方言)"……

熟悉的各种乡音让我备感亲切,也让娜佳高兴得手舞足蹈地说着笑着。

突然,一个三十多岁卖毛巾被的,用戏腔大声地喊了一句:"嘿,哥们!你做的啥买卖,挣了多少钱,能找上这么一个美丽漂亮的俄罗斯名校大学生?(北京方言)"

我猜他是看懂了娜佳胸前戴的那枚校徽吧,我笑着连连回答他:"都卖过,都卖过,"我还得瑟地卖弄了句,"我还卖过胎里么甚,你卖过吗?"

那哥们立刻瘪气了,一脸的疑惑,忙取出汉俄字典,翻动着、念叨着:"胎里么甚……胎里么甚,什么是胎里么甚,我怎么没找着……"

我冲着他大声喊了一句:"哥们!慢慢翻去,我走了。"

娜佳轻轻地对我说了一声:"胎里么甚?你们那儿的玻璃胆热水瓶?你太有想法了,太有才了,太棒了,真是一门好生意,在这儿还没人做过,拉来卖准赚钱。"娜佳的夸奖让我自信满满。

我和娜佳说着,笑着,手拉着手慢跑着离开了这儿。

谁承想,过了不久,西部产的气压热水瓶就卖火了这儿的各个城市。

第二天一大早,娜佳醒来的第一句话就是:"我昨天梦到了你和你们西部那儿的一大帮年轻人,嘴上叼着护照,用力拉着三节旅行大包,通过霍尔果斯口岸,向我渐渐地走来……那天,我和你成交了第一笔生意,我用两个套娃换回了一大堆长筒袜。"

在娜佳的笑声中,我发懵了:"我从没有过拉大包的经历呀!还一次成交了两个套娃,什么意思?"

许多年后,所有的疑问得到了验证。

这正是:

异国蚤市遇同乡,
大筐小筐啥都装。
睿智一语说市场,
胎里么甚卖得忙。

为了弥补对娜佳的情感亏欠,我们约定放假时陪她多走走,多看看。

在放假的这些天,娜佳领着我去了大克里姆林宫,领略了那儿的悠久历史,见到了欧洲建筑的宏伟,知道了尼古拉大教堂的孪生哥哥原来是在这儿。我顺便告诉娜佳,那个孪生弟弟尼古拉大教堂,修在了哈尔滨市中央,我小时候,父母领着我去参观过,因为年纪小,只记得那儿修得很漂亮,也很亮堂,特别特别的大,很好玩……

"有空你也带我去那儿看看。"娜佳激动地说。

我沉默了一会儿,低低地回了一句:"去不了了,那里经历了一场浩劫……"

"没关系……没关系……浩劫?就是里头的东西被抢光了呗?咱们去看看那宏伟的建筑,一样的,一样的。"娜佳没等我把话说完,直接就讲了她的一通想法。

为了不让娜佳扫兴,我故意打岔说:"莫斯科人民真聪明,二战时,用油漆和伪装给这一大群建筑都穿上了外衣,迷惑了德国法西斯,让他们辨别不出东西南北,找不到真正的克里姆林宫,轰的、炸的都是仿替物……"

"哎……哎……哎……别打岔,你就说什么时候带我去看哈尔滨的那个尼古拉弟弟大教堂?"娜佳半个脸不高兴地说着。

"嘿!这儿历代沙皇登基的殿堂,也很漂亮哦……"我又打岔说道。

"你又打岔……你又打岔……你就说一句你到底带不带我去?"娜佳这回是一脸不高兴地说。

无奈之中,我只好低低地回了一句:"尼古拉弟弟大教堂已经没有了,已经看不到了。"

"胡说,你骗我,你就是不想带我去看。"娜佳一脸怒气地说。

"哎……我没有说谎,在那一场史无前例的浩劫中,尼古拉弟弟大教堂已经彻底地被一些人拆毁了,没有留下任何原有的建筑痕迹。听说,光拆毁的建筑砖瓦就拉了几千车,才运完……回去我托朋友找一幅原来的图片给你看看,好吗?"我沉沉地回复她。

娜佳这一次再没有嚷嚷,只是一个劲地说:"太可惜了!太可惜了!太可惜了!真是对人类文明的亵渎……"

那天,一直到吃晚饭,我的心情还是沉甸甸的。比起往常,言语少了一半以上。聪明的娜佳早就知道了缘由,打趣地逗我说:"明天我领你去看美术馆,再不惹你生气了……"听娜佳这般说,我的心情略好一些,由阴转晴。

第二天一大早,娜佳就带着我去了特列恰科夫美术馆。艺术家的作品震撼了我年轻的心灵,在列宾的《意外归来》那幅画前,我们站立了许久。娜佳对我说,她曾去过圣彼得堡国家美术馆,那里还有一幅列宾的名作《伏尔加河上的纤夫》……

"纤夫?我知道,纤夫是为逆水行船拉纤绳的人,我们那儿也有,最著名的是川江拉纤者,为此,还流传着川江号子,也就是拉纤者的号歌……嘿哟……嘿哟……哎……加把劲哟,嘿哟……嘿哟……用点力哟,嘿哟……嘿哟……"我轻轻地哼了几句。

那一天，我们没顾上吃饭、喝水，从开馆到闭馆，把馆内六十多个展厅全都看完了。回来的路上，我还喋喋不休地跟娜佳讲："苏里科夫大师还画了一幅《白嘴鸦飞来了》，真漂亮！真漂亮！那般的自然、真实和可爱。真是精品之作呀。怎么就没有人画一幅《红嘴鸥飞回来》呢？真让人想不通。"

"会有的，会有的，以后就算没人画，我也画一幅。"娜佳自信满满地对我说着，比画着。这一天的喜悦，让我把前一天的苦闷，丢进了北冰洋。

接下来，娜佳还领我去了托尔斯泰庄园和普希金广场，使我知道了文学巨匠和诗歌才俊、梦情王子。

我们还在莫斯科大学冰球馆连看了三场冰球比赛，每当有球打进，娜佳总是尖声叫好。

我几番给她递上零食，想堵住她的嘴，她也不听，反而越叫越有劲。甚至几次站起身来跳着喊，为球队加油！我拉也拉不住，按也按不下，最后，不得不对娜佳说："嗨！这儿太冷了，咱们换个地方，去看马戏吧！"她爽快地答应了我，起身拉着我离开了冰球馆。

说句真心话，冷，并不是我离开的真正理由，真正让我离开的原因是我们周边那几个男孩那种多情的、有穿透力的、带着嫉妒和嬉皮笑脸的那种眼神。那天的马戏尽管很精彩，但我还是看得心不在焉，神色迷离。娜佳问清缘由后，笑着轻轻说一句:"小心眼!"

几天后,我们俩又一同去了明斯克,一同去了奔萨,一同去了古比雪夫、伊尔库斯克……那里的风土民情,看到了苏拉河畔的风光和列宁母亲的故居,参观了那欧洲最大的已矗立了三十多年的大坝,品尝了世界最深淡水湖出产的鱼子酱、鱼肉羹……

我们一块回到了黑松林,一块儿将我们订婚的喜讯告诉了她的父母。

那天,他的父母烤面包,我——西部尕小伙,给他们露了一手孜然烤肉。全家人吃着都说香,娜佳妈妈更会说:这是她吃过的最好吃的烤肉。

饭后,娜佳拉着我来到小院门前,坐在长条椅上,望着满天的繁星,就这样依偎着,坐着、看着……许久、许久,娜佳突然说:"我想去看看你的妈妈,去看看你的故乡……"听罢她的要求,我高兴地回了句:"正好,正合我意!母校给我发来了校庆邀请,咱们正好一起回。"

第二十一章 再回西部

时间过得真快,两个月后,我陪娜佳提前一周去学校报到,在娜佳的提议下,我们沿丝绸之路飞回了西部。我们的第一站是哈萨克斯坦的阿拉木图,我想去那儿看一看,我想去那儿听一听,我想去那儿唱一唱……

第二天一大早,我和娜佳手拉手走进了这座美丽的城市。我们品尝了那里的美食,体会了另外一种民族风情,也抽空去了一趟让我魂牵梦萦的冼星海大街。

这条用中国大艺术家、大音乐家命名的大街,是那样的妙美、淡雅、文静……我们手挽着手在大街上慢慢地走着,一步、一步、一步……踏着节奏,仿佛又让我走进了黄河大合唱的音符中。

接着,我们又去参观了冼星海故居。离开后,我的心情一直压抑着,沉甸甸的。

看我这副模样,"冼星海,我知道他是音乐家,那他干吗不像他歌中唱的那样,回到老家去呢?为什么不像红嘴鸥那样飞回去呢？为什么要客死他乡呢？……"娜佳认真地看着我说。

我无法回答娜佳的提问，只能久久地无语。

面对娜佳疑惑的目光，我只好唱起了我的朋友王海成之父王洛宾的那首《在那遥远的地方》："在那遥远的地方，有位好姑娘……我愿她拿着细细的皮鞭，不断轻轻打在我身上……"

娜佳听着听着，眼睛流出了泪水，轻轻地说："王洛宾和他儿子王海成的故事，你都给我讲过无数次了。王洛宾大师的一生也很凄美。冼星海和王洛宾都是一样的音乐家、艺术家，你刚才唱的歌儿让我了解了一些这样的大音乐家、大艺术家们的生活和命运。"

那天，娜佳还从大巴扎买了一件很漂亮的哈萨克彩裙，立马就穿上了，一个劲地问我："你看我漂亮吗？漂亮吗？"我没有直接回答她，只是拉起了她的手，唱起了："掀起了你的盖头来，让我来看看你的眉，你的眉毛细又长呀，好像那树梢弯月亮……"

伴着歌声，娜佳忘情地当街旋转起来，轻歌曼舞，引来无数路人驻足观看。那天我们玩得很尽兴，直到深夜……

第二天下午，我们乘坐飞机，沿着古丝绸之路，向东飞行。我一次又一次地把头靠在舷窗，向地面张望，隐约看到了那雄伟的帕米尔高原、天山脚下的乌鲁木齐、吐鲁番盆地……飞机沿着祁连山脉继续东飞。

天色渐渐暗了下来，又经过近三个小时的飞行，我们来到了黄河之滨的西部名城——我的故乡。

回到家中已近凌晨一点,还没待我们敲门,退休了的母亲已拉开了家门,高兴地说:"听到开小院门的声音,我就知道我儿子回来了。快进来,快进来,孩子们,一路上辛苦了。"

看来母亲也还没有睡觉,一直等着我们。放下行李,抬头一看,茶几上早已摆满了我儿时爱吃的当地瓜果:有远近闻名的安宁仁寿白凤桃,有如蜜的兰州白兰瓜,有切开的红沙瓤大西瓜,还有堡子大红枣、黄河大板瓜子……

娜佳从洗手间出来,怯怯地叫了一声:"妈妈,您好。"后面还顺了一句我才教给她的那句问候,"祝您万事如意,身体健康。"

那一夜,我们一家三口一宿未眠,说了很多很多,妈妈还把那收藏好的一框框、一本本、一盒盒美妙无比的皮影拿了出来。娜佳翻着,看着,听着,突然大声地叫了起来:"好漂亮啊,欧倾!欧倾……这每一个、每一幅皮影比这钻石还贵吧,好多好多的钱呀!"

坐在一旁的妈妈轻轻地说了一句:"这是祖祖辈辈用生命传承下来的。破四旧那年,金的爷爷把这些皮影用油纸包了又包,放在铁箱子里,深深地埋在院外的那棵桃树下,他爷爷受尽了折磨,直到死也没有说出来,才把这些珍贵的皮影保存了下来,未被毁灭。"

妈妈翻动着皮影,稍停了一会,拿出了一个皮影头像说:

"孩子，你看，这枚皮影像，在我们金家，收藏已有200多年了，经他爷爷生前考证研究，这枚皮影已经有600多年的历史了。你看，它脸上雕刻的精美花瓣，应该是人类最早的文面。"

娜佳神奇地看着、听着，嘴里还不停地应着："真漂亮，真漂亮，你们的先祖真聪明……哦，妈妈，我们还给您买了一架比阿尼娜（俄语：钢琴），两天后就到货……"

我忙解释说："她没说清楚，比阿尼娜就是钢琴。知道妈妈会弹钢琴，娜佳就提议给您买了一架回来，时不时拨拉一下，自己陶冶，邻居共赏。"

"呵呵呵……我的指头都老朽麻木了，也不知还能不能弹得好听？"妈妈笑着说。

那夜，我们一家人聊了许久许久……

我还忘记说了，家中那只我走时还不会跑的京巴和两只小花猫，它们也过来凑热闹，没睡觉。

第二天一大早，我们一家三口，去吃当地最有名的穆萨牛肉面。我给一家三口全要了个"双加"，妈妈说她要"细的"，我给娜佳要了个"韭叶"，自己则要了个久违了的"大宽"。

娜佳一个劲地问："怎么我们每碗的面条都不一样呢？为什么？什么叫'韭叶'？为什么呢？"

母亲轻轻地告诉她说："我们这儿有一种菜，有点辣，又有点腥，俗称草钟乳。春天、夏天、秋天它是绿色的，到了冬天，人们给它盖上厚厚的草帘保温，它们就变成黄白色了，也更好吃了。你这面条就像韭菜叶一样,所以叫韭叶,他可是特意给你要的啊。"

"真神奇,好吃,好吃……"娜佳边吃边说。

吃完牛肉面,三人高高兴兴地回了家,我让母亲和娜佳上床睡觉,我则坐在手提电脑前,打起明天校庆的发言稿……

次日一大早,母校锣鼓喧天、歌声激荡、彩球飞舞、锦旗飘扬、车水马龙……沉浸在一片欢歌笑语中。

校门口,来宾如云,大家纷纷合影留念。那天,我又去得太早了,一个人静静地坐在会场的角落里。

拿着进门时领到的来宾名单,一页一页地翻看着,那老先生们的容貌,同学们的风采,一次又一次地浮现在我的脑海中。管不了其他,我只翻找着自己的同班同学,用笔一一标注之后,好家伙,竟有五十多位同学被校庆组委会邀请了。我为此暗暗自豪。我们班里有个女同学,去美国深造,她和她先生,成了世界知名的胚胎学专家,竟也不远万里赶来参加校庆……

那一刻,师生们欢聚在一起,说过去,讲未来,沉浸在幸福、自豪的回忆之中。

突然,一个为我们当过一年班主任的老师走了过来,二话不说,一把拉住我的手,说道:"听说你发达了,我早就说过,在学校里越调皮的学生,今后才是越有出息的人。"他的这番话引得大伙哈哈大笑……

同学们七长八短地说个没完,快到饭点时,有人冲我"发难"。

"该让你的'金毛'粉墨登场了吧，快打电话叫过来，走走场，让我们大家品个头论个足。"

同学们你一句我一句高兴地起哄。

电话那头娜佳说："我在陪妈妈看黄河，在看百年铁桥和水面上勇敢漂流着的羊皮筏子……你们吃完饭我再回去，行吗？妈妈已带我去吃了'瓢鼻子'和肉披萨，哦……哦……，说错了，妈妈说我说错了，是酿皮子和肉夹馍，妈妈说一会还要带我去吃灰豆子和糖油糕……"

我摇了摇头，摊手做出无奈的表情："大家都听见了吧……"

那天，闪光灯、摄像机在我们的笑脸上闪耀着，传递并记录下了师范大学的辉煌。

省电视台还给我们几个做了专访，我的代名词是"下海"。我面对着镜头，轻轻地讲述着"下海"经历，讲述着成功的喜悦，也讲述着那一次次失败的痛苦。最后，我讲道："……我感谢，我庆幸，我生活在这个伟大的时代！是这个伟大的时代，给了我一次又一次演绎各种人生的舞台。"

那天，我激情满满地回到家中，一进门，就感觉到气氛不对。客厅里祖辈们传下来的书法台案上，已铺好了毛毡，放上了六尺整张宣纸，九龙洮砚里也已研好了墨，摆上了笔。看到这些，让我一愣神，娜佳跑过来说："妈妈问我你每天还写字吗？我说写，但是我看不懂，所以今天妈妈摆下了考场，让你写几下。"

说话间，妈妈笑着从里屋走出来，手里依旧拿着让我太熟悉不过、一生不会忘记的小竹尺，笑着说："墨，我指点着娜佳给你研了个中浓，你看行不？好长时间没见你写字了，今天露一手，给你老娘看看，行不？"看这阵势，我心里嘀咕，今天如果写不好，肯定得挨手板子。

于是，我提了提气，静了静心，走到台案前，抓起笔，蘸满墨，润笔间，对母亲说："出门在外，儿不敢不练，有没有长进，请您看我的新作——七律·兴隆山……"

说罢，我凝神提笔，略加思索后，口中似唱似吟随笔楷书：

七律·兴隆山

祁连巍峨俏兴隆，崖险峰俊山花红。

石阶岭坳八百转，接驾御征平匈军。

抗倭青山寄汗冢，蒋公招部点战兵。

醉抚峡涧千珠美，唯有风流万古存。

看罢，母亲放声大笑，笑着说："吾儿文采大器已成矣，此作精美，定传百年。"

我看到母亲这般知足感慨，嬉皮笑脸地逗了一句："我与书法写得最好的母亲的儿子，还有差距呀！"

母亲听罢微微一愣，笑着对娜佳说："这小子又在给我翻小肠呢。他小时候，我天天看着他练毛笔字，写不好就会吓唬他说要打手掌，这淘小子，总想些点子来对付我。"

我笑着说了一句："您和爸爸没少打我手板子，可疼着呢！"

"妈妈，他咋对付你的？"娜佳笑着问母亲。

"记得那年小学刚开学，我正在检查他的毛笔作业。突然，他问了我一句：中国历史上，谁的毛笔字写得最好？我说有曹全，有二王，有颜圣……不等我说完，他就说我说得不对，我说那你说是谁，这臭小子回了我一句——岳母！"母亲接着说，"岳母教育了个好儿子，在儿子的背上，刺了四个大字——精忠报国，中国的母亲都知道这个故事。当年，这小子就拿这个来对付我……今天，他又拿这个来对付我了。"

娜佳忙说："妈妈，妈妈，我听出来了，他没有对付你，他只是说他没有岳飞做得好。岳飞是大英雄，我知道的。"

那天，母亲把小竹尺和祖辈们收藏下的五支毛笔、一方洮砚交给了娜佳，说："这尺、这笔、这砚我已训教好了。吾儿，现传给你，教育你们的孩子吧。"

娜佳接过小竹尺和笔砚，用小竹尺在自己的手掌上敲打着，久久没有吱声。

短短的一周过去了，娜佳要去上课，我也要回去打理公司了。离别前，最难舍难分的，还是那无声胜有声的母爱和母子情……

那一夜，母亲和娜佳轻轻地弹奏着优美的民歌《茉莉花》。

借着琴声我移步院外，深情地抚摸着那棵铭记着岁月的老桃树，久久地站在那儿，思绪万千。

从那硕大的树冠到深深的根系，我仿佛感觉到它与我们家族几代人的百年传承。

那忘不掉的，曾深埋在树根下的皮影箱，那一个个能让孩子们咧嘴开笑的果实，那一盆盆让左邻右舍温暖的奉献，那烈日炎炎中带给人们饮茶聊天的清沁……

同时，我脑海中的所有细胞翻腾着、回忆着：爷爷讲过的故事、父亲教诲的语言，想着动荡时少年的悲凉、重进校园的庆幸、自主创业的骄傲……

直到二毛子星退去，三毛子星出来……

突然，屋内的琴声停了下来，娜佳走到了院外，将我拉回家中，她轻轻地说了一句："我们该去机场了。"

这时，我发现妈妈和娜佳也都一夜未眠。

临出门前，母亲轻轻地说了一句："孩子们，人生的道路只有两条，一条去闯去成功，另一条就是畏缩不前！最后，走进黑暗。到这个世界来，每个人都一样，轻轻地来，轻轻地离去，区别只在于后来人还记不记得你……"

听到这，我的泪水情不自禁地流了下来，头都不敢回地走出了家门。

远远传来了母亲的呼喊声："去努力吧,我的孩子们!"

去机场的车上,娜佳依偎着我,轻轻地说:"金,别难过了,我们还会经常回来的,来看望你的母亲。听你说过,她年轻时在国外读医学,可不知道她怎么懂得那么多历史、文化和生活呢?妈妈说了,我下次来,她带我去看西安古城、兵马俑、麦积山、嘉峪关、敦煌石窟……哦!哦!哦!还忘说了,还有大地湾,说是记录人类八千年。"

她接着说:"妈妈说她还要带我去北京登天安门,看故宫,上八达岭长城,去前门戏场听京剧、吃烤鸭……还说要带我去上海,游浦江、看外滩、逛大世界……反正妈妈说了,要带我去广州、深圳吃粤菜,买箱包;去杭州、苏州看西湖,游园林;去南京、重庆喝老鸭汤,吃火锅。这些都会带我去。还要带我去吐鲁番吃葡萄,找那个,找那个王洛宾的儿子,让他带我们去坎儿井,去看舞蹈《达坂城的姑娘》,还要去天池,去看白杨沟,去看博格达山中的岩画……"

听着她的这一通乱叨叨,我的心情好多了。

我的思绪仿佛又沿着丝绸之路渐渐西行……只是嘴里随口应着:"随你,随你,噢!"

这正是:

> 人间万里勇当头,儿走一里母担忧。
> 丝路情长扯不断,成功辉煌把家还。

第二十二章　创新不竭

从西部回来，我把娜佳送回学校，立马返回了黑松林。心定则行稳，工作才有劲，早出晚归，业务繁忙。米萨每天都开着他那军用大吉普车接我上下班，同乘一车，共谈一事，我每天与他形影不离，除了工作还是工作。

我忙活着策划、计算，他忙活生产管理。我们之间磨合得越来越好，越来越默契了。

每到下班，米萨都要问我一句回去怎么吃饭，我总是淡淡地回答："这个你不用操心，我的厨艺不错呢，哪天你和欧玉到我这里来，我给你们露一手，尝尝我的手艺……"

米萨笑着说："金，你个单身汉，还是先到我们家里吃几顿再说吧！你嫂子的手艺也不错呢。"

米萨生活很幸福，那个女孩已成了他的妻子，肚子也逐渐大了起来，显然他们已经成功了。面对着有些失落的我，米萨微微地笑着，拍了拍我的肩膀。他像在告诫我，不要再悲伤，你也该有个家了。

在黑松林的伐木场，我坐在了曾和姐坐过的地方。

一席静静的小桌、条凳，远处清清的湖面、树丛，甜甜蜜蜜般的气息。曾经，远远望去这里一丝未变，飘逸的只是姐铜铃般的笑声，杂乱堆放在桌面上的物品，还有那只乌黑的豹牌猎枪。

我创业的福地——西伯利亚黑松林，这开启我情爱的地方，让我一世无法忘记。

米萨将黑松林的股份全部给了我，我继续做着木材贸易，源源不断地向着国内、欧洲、中东输送着大量的木材。可以说在满洲里百分之九十以上的木材，都是由此而来。

优质的松材是做琴板的最好材料，是做雕刻的最好材料，也是做家具、模具和装潢的最好材料。这一点举世公认。

米萨努力地致力于石油、矿产生意，做了大量的调研、勘探、开采工作和投资。

在这儿他已经打好了一百多口油井，高质量的原油，输进了西伯利亚石油新干线，这让他的财富积攒得更加多，更加快。一日千里，现在的他成了这儿屈指可数的人物之一，成了真正的石油大亨。

他成功了，我也成功了。

这时我又产生了回去的念头，再去看看姐留恋过的地方，再去找一找我创业时的灵感。

我自己给自己批了一周的时间，认真地安排好了今后一周的工作，毅然决然地，从那寒冷中飞回了昆城。

昆城的冬季不是太冷，暖风吹动着波澜，推向了远方。

游人们围着湖面，手里一袋子一袋子的鸟食投向半空之中，那些秀美的红嘴鸥们在空中争先恐后地啄食着。

游人们啧啧称奇，他们也发现了，这些飞舞的红嘴鸥的脚上，有的戴着一只指环，或金，或银，各式各样……

他们指指点点地说着什么。

我站在那里，嘴里发出了姐教我的鸟语："啾啾……啾……啾啾啾啾……"

声音在鸟儿的争抢中荡漾开来，它们奋不顾身地向着我扑了过来，落在我的头上、身上，我的肩膀上、手臂上、脚下，又跃起向天空中盘旋……

"你们，还记得她么？"我心里念叨着，"还没有忘记，当初那个姐为了你们而献出了自己的生命。"

红嘴鸥也仿佛听懂了我的话，扑棱扑棱全部飞了起来。

声势浩大、惊天动地，湖水也仿佛被它们的红白染亮了，也被它们惊动了，树林也仿佛被它们惊动了，发出沙沙的声音。

推波助澜般荡漾着、摇晃着，风儿也不甘寂寞，轻轻吹拂，掀起湖面的涟漪，掀起男人们的情怀，掀起孩子们的欢笑和少女们的心扉。

红嘴鸥优雅的身姿飞舞在当空中，用很奇妙的姿态组合着一个又一个的图案。我愣愣地看着，那个图案，早就在我的内心之中生了根，可是，她现在在蓝天之上，眼睛一眨不眨地看着地面。

夕阳的斜晖照耀了过来，鸟儿们变换着位置，她的样子开始发生变化。

她在点头，她在微笑！

可是，我却在流泪、哭泣……仿佛听到油锯伐木的嘶嘶声……

鸟儿的身影开始逐渐散开，一只接着一只，离开了这里……

我无法阻止内心之中的追思，也没有办法阻止它们的离开。

你们，还记着。可是我的眼光，随着你们的离开，只有静静地看着，看着……

我的思绪也随着鸟儿飞向了远方，飞向了它们的家园——黑松林。

从昆城回来，七天的市场观感、追思、创新、感悟……让我又学习并思考出一个新的项目——用环保技术保护自然，保护生态。

还没开春，天气还很冷，我也像姐一般开始在黑松林中到处安置尖顶圆门的鸟屋。

我就是想让即将飞回来的红嘴鸥们不会没有它们的繁殖地，不会让红嘴鸥失去它们的家园，不会让这些小精灵们伤心、哭泣，更不会让这情感之桥在我们这一代人手中断裂……

我又招募了大量的员工，成百上千的人们，每到春天就进山，到那采伐过的地方栽树育林。

娜佳的父母原先就在苗圃工作，我又动员他们招募了几十位有着育苗经验的员工。

我还投资建起了这儿最大的红松林苗木基地，每年都能向公司提供数以千万计的育林树苗。

后来，我也会像姐一样痴迷，跑遍周边的几十个城市，把当地商店的贵金属戒指一扫而空，拉回来，一个个套在小红嘴鸥的腿爪上……放飞出一个个寄托着所有爱护自然、爱护鸟儿们的你、我、他、她心中的希冀。

我和米萨商量之后，购置了三十多台挖掘机，天暖和后，就开进采区，去把那一个个砍伐后的树根挖出来，再把树坑填平，栽上树苗。

用树根作原料，我们在采区又投资建了一个现代化的干法造纸厂，从建设到竣工，仅仅用了四个月时间。把挖出来的树根投入水池浸泡，高压喷水除去泥石，切割成块，粉碎造浆，烘干成卷，生产出了最好的新闻纸，销往世界各地。

娜佳回来听说我们用以往丢弃的树根造纸后，惊诧、激动地说："金，你的这个项目太好了，又环保，又赚钱，真是名利双收。这个采区有近百年的历史，有数不清的树根资源，按一台挖掘机一天挖二十个树根算，三十多台一天可挖七百多个树根，十天就是七千个树根，一百天就是七万个树根啊，一年按两百天算，怎么也够咱们挖几辈子了，那得造多少纸呀，能赚好多好多数不清的钱啊！"

我轻轻地一笑，看着娜佳说："等我们钱赚多了，把黑松林建成一个大花园。"

一年一年过去，黑松林的爱鸟育林和环保故事传遍了整个欧洲、亚洲、美洲……甚至联合国环保组织。

我还把这儿所做的工作写成一篇篇论文在各种媒体上发表，受到各界的好评。

在等待娜佳的日子里，我又开始复习英语，学习日语，还攻读了生态学博士。

就这样不停地忙碌着、学习着、工作着，仿佛是想用一种盛景去迎接……

日内瓦国际自然年会向我发来了邀请，让我去那儿作年度主题发言。

我打电话给娜佳说："这两周我就去不了你那儿了，我要认真在家里写发言稿……"

"好的，好的！只是注意身体，别太累着。哦，别忘了，写好的发言稿一定要发给我哟！让我拜读学习一下……"电话那头的娜佳热情地鼓励我。

我整天整夜地趴在办公桌上写着，写着黑松林的辽阔、美丽富饶，写着这里的生态好，有着丰富的动物资源，写着姐对生命、生活、事业、故乡、家庭的大爱，写着米萨对事业、财富的刻苦追求，及忠贞的爱情，写着育林、栽树的人们对每一寸土地亲吻般的热爱，也写着我事业、爱情、梦想……成功后的无比喜悦，更写着欧洲、亚洲、美洲……更多人们对自然的爱护，对鸟儿们的呵护……

我就这么写着写着，一天一天……

去日内瓦参会的前三天，我把完成的讲话稿用邮件发给娜佳，一个小时之后我给她打了电话，"您看完了吗？我心爱的娜佳，一定要给我提些意见哟。"

电话那头的娜佳激动地对我讲着："金，写得太好了！写得非常的真实，非常的生活，非常的激情，非常的挚爱，非常的生命，更非常地让我爱你！我要看着讲稿与你一同走上讲坛！祝福你、亲吻你，我的爱人……"

第二天，经过十多个小时的飞行，我来到了日内瓦，向接我的专车司机说："先不去下榻宾馆，请把我直接拉到会场……"司机会意地点了点头。

自然年会的大厅里工作人员都在忙碌着，我找到了年会的主席，向他咨询。

"哦，您就是金博士先生？这次的年会主席团一致通过安排您第一个发言。第一个，也就是首席发言。哦……忘记告诉您了，主席团还为您专门配备了一个法语翻译，她也是博士哦，来来来，我把她介绍给您。"

大会主席团主席一边说一边拉着我往讲台方向走，指着黑板前一位背对着我们，一头披肩金发、身材纤娜、双腿如笋、秀臂如玉的美女，她正在黑板上用粉笔写着什么……

越往近走越感觉黑板前站着的她很熟悉。我的磁场似乎正在迅速地碰撞、识别、吸附、缠绕，和对方的磁场凝合在了一起。

就在我疑虑重重万分不解的时候，她头都没回突然地说话了："欢迎你——金，博士先生，我就是大会主席团指派给你的生物学博士、法语翻译——娜佳。"

话音未落，她转身向我跑了过来，一下子扑到了我的怀里，紧紧地抱住了我，吻如雨点，大声地喊着："金！伢溜布溜……伢溜布溜（俄语：我爱你）"……

"你……你……你们认识？"大会主席团主席惊奇地问道。

娜佳和我异口同声地回复了一句："我们是爱人！"娜佳还举起了那只戴着钻戒的手，向大家展示。

场内所有的工作人员都围了过来，为我俩鼓掌，祝贺……

这正是：

久久相爱未能见，
论文一篇再手牵。
荣誉风情千般好，
难抵爱恋在心间。

第二十三章 喜庆连连

那夜，我们俩簇拥在写字台前，在讲话稿上又增写了一段。在这次的世界高层自然论坛上，我又被一只小鸥所迷惑，迷得那样深，迷得那样真，迷得那样远……就像我生活的自然那般，就像我生命的音符那般，就像我财富的车轮那般……更像我小屋中那在每个角落里时时捏拿我的精灵——娜佳！

谢谢主席团，让我们俩一同走向了世界的讲坛！谢谢各位女士，谢谢各位先生和朋友们！

娜佳告诉我："金，我怕我配不上你，我怕你对我失望，近两年我一直在努力学习，提前半年完成了硕士学业。我又考上了生物学博士，我实现了你和姐的爱好和喜欢……"

我对她这样的回答，除去了吻，还能有些什么……

第二天的发言我们的配合是那般的天衣无缝，发言激情飞扬，翻译准确到位。

我们获得了极大的成功，会场中的掌声节奏般响着，久久不停。走下讲坛前，我冲着她大喊一声："回去我们就结婚吧！"

话音未落，娜佳应声答道："可以可以，我愿意！"

这喊声，这应声，又迎来了一片的掌声、口哨声，久久不停……

回到黑松林，在所有亲人们、朋友们、工友们的祝福下，我和她结婚了。那天，身着雪白婚纱的娜佳，楚楚动人，美轮美奂，在她的俊美中，增加了许多说不出的温馨，在大家的祝福声中，在婚礼进行曲的音乐声中，我俩缓缓地走进了那幸福的殿堂。

那天，唯有米萨不够意思，和那个叫欧阳玉的她没来参加……

当然，这事儿不能赖他们，米萨的妻子那天为他一下生了三个孩子。

两个儿子，一个千金，这下子可把米萨高兴坏了。那天，米萨不顾一切，没完没了地给我打电话……

新婚之夜第一件事，我和娜佳去医院，为米萨和欧阳玉贺喜。还没等我进门，米萨一把抱住了我，高兴地说："金，玉帮我一下子生了三个孩子！姆奴噶……姆奴噶……（俄语：很多……很多……）我太高兴了，今天我们没能去参加你们的婚礼，你不会怪我吧！你没有不高兴吧！实在不行的话我们再给你们补办一次婚礼？"

我和娜佳笑着说："我们没有不高兴，听到消息后，我们一直都在替你们高兴,为你和欧阳玉祝福,为三个宝宝祝福。"米萨对着娜佳说:"你也加油,争取超过她。"米萨指了指欧阳玉。

欧阳玉轻轻地说:"希望这三个小家伙给你们做个榜样,带来福气哦。"

娜佳笑了笑,走到婴儿床前,轻轻地抚摸着孩子们的小脚丫。看她那爱不释手的样子,真让人感到温馨。

那一夜,我们努力着,争取超过米萨他们……

数年后的一个冬季,我又来到了昆城,又来到了那滇池边,又来到了那红嘴鸥的簇拥中,又来到了姐曾朝思暮想的故乡。我依然静静地倚着那池边的栏杆,手里依然夹着那缥缈着青烟的雪茄,司机毛毛依旧拿着雪茄盒走到我的身边,拿去了那半支雪茄剔灭;我依然想起了久藏在衣兜中的碎米,将它们撒向了天空……

一年一度相思泪,一丝悲痛一丝情……这情,又缘何而来。

哦,那曾经无数次的迷茫,那曾经无数次的情感错位,那曾经无数个百思不解的谜团,那曾经无数次穿透大地的递送……

那山,那林,那水,那满堂伸出水面的莲蓬……还有那岸边嬉笑、健身、游走、喂鸟的人们,依旧如同一幅幅水彩画般,映入我的脑海之中!

不同的，不同的只有远处娜佳和我们的两个孩子的嬉笑声、奔跑的脚步声……

我们黑松林的公司已经越做越好了，在当地和纳斯达克同时上市，专业管理团队打点着企业的经营和未来的发展。

这可以称之为：

    屈指数落几十年，

    两家琐事几多烦。

    有爱有恨秋风尽，

    千帆扬起开大船。

有了空闲的我，可以抽空写些自己喜欢的东西，刻一刻皮影，练练戏，吹吹埙，唱唱歌……做些自己喜欢做的事儿。

经我投资在红嘴鸥迁徙途中建了四五个观测保护站，还在姐曾经就读的那所大学里，建起了红嘴鸥研究基地。所有的标识、LOGO、注册商标，都源自那枚像鸟人图腾的皮影挂件图案。我们的保护和研究让滇池来越冬的红嘴鸥数量增加了几翻……

哦，忘告诉大家了，娜佳的论文《白羽对红嘴鸥的保护研究及对她的生态意识的探索》获得了国际环保金鸟奖。由于娜佳在这个领域里的领军作用，她被白羽姐、欧阳玉嫂子就读的那所当地名校聘请为终身教授。

我们选择了在这定居下来，这一切的一切没有其他任何的意思，我们只是想能多替姐爱一爱她的故乡，为那穿梭两地的红嘴鸥多喂几粒米，为这座爱鸟的城市多培养几个继承者……突然，"爸爸，爸爸，妈妈说咱们该回家了！"儿女们的喊叫声让我从那久久的回忆中醒了过来。

"爸爸，爸爸，别老一动不动地坐在那儿，坐久了，就会变成化石，再过许多年化石就会变成恐龙，恐龙就能变成红嘴鸥了……"儿子大声地冒了这么几句，让我惊奇不已。

这时毛毛已将车开到了我们的身旁。我们上车后，司机毛毛轻轻地问了一句："董事长，咱们去哪儿？"他的话还未说完，娜佳已急不可待地接上了话茬："咱们去吃大学门口的那家老字号过桥米线吧！"

"哎！天天吃米线，你都成了地道的昆城人了。"我无奈地说了一句。

"好的！好的！我们也爱吃！"孩子们喊叫着拍着小手。

突然儿子的小嘴叫道："毛毛哥哥，咱们先回家去接奶奶，吃完米线，我还要让奶奶教我练毛笔字呢。"

女儿从她妈妈手里一把抢过电话说："我先给奶奶打个电话，让她换好衣服，换好鞋，等着我们去接她，去吃好香好香的过桥米线……"

我的心头一颤，看着儿子和女儿，和娜佳会意地点了点头。车子在这掌声中、笑声中渐渐驶去……

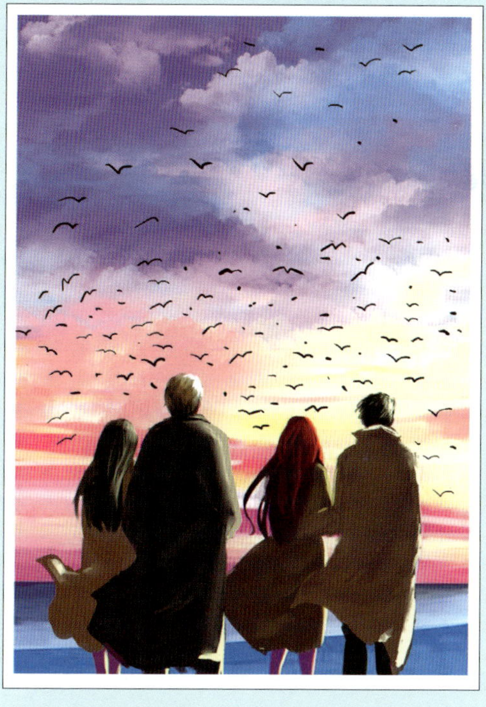

Красноклювая чайка
с кольцом

戴指环的
红嘴鸥

尾声　一言未尽

那年，米萨石油公司的高产油井已达到了八百多口，他已成为身价十几亿美元的石油大亨，那儿产的优质原油输往四面八方，和姐长像一模一样的欧阳玉仿佛是一根无形的精神支柱，带着三个孩子支撑着他的这个家。

娜佳和欧阳玉成了好伙伴，隔三岔五地通电话，两个人都成了书法爱好者。欧阳玉也开始给三个孩子教着写书法，在欧阳玉和孩子们的影响下，米萨也成了书法爱好者。

娜佳的爸爸妈妈也自觉地加入了呵护小鸥的队伍中，每周都会打来电话，向我们讲述着他们每天吹着埙，唱着歌，过着幸福的晚年生活。

公司管理团队每月都会给我发来各种各样的财务报表及业绩汇总，向我勾画着一幅幅美好的发展前景。

值得一提的是，我每次去祭奠姐的同时，也会顺道去白桦市看望那位曾经举荐过我的市长，现在他已成为副省级干部，升格为地级市的主要领导，每次见面他都会向我描述两岸未来的憧憬。果然，N多年后，这里"一桥飞架南北"……那提着一篮土豆乘飞机的老妈妈，那美丽的吉卜赛末女和智慧可亲的部落长老、伊尔库斯克的钢铁将军，还有那位文质彬彬的议员和红场上那位善良的女士，如同电影画面般一次次、一次次地在我脑海中浮现、萦绕，还有那些没被写进书里的一位位朋友——伊万·伊万诺维奇、科拉索娃、米其尔索娃……

他们那一张张笑脸，一次次的家庭美餐，也永远留在我的心中，伴着那无数红嘴鸥的舞动、翱翔……传向远方。

后　记

　　1999 年 7 月，我花了两周多时间，写好了提纲，用于纪念赴俄贸易 10 周年。

　　由于工作太忙，几次动笔，几次搁浅，写写停停，停停写写，可从未敢懈怠……一晃就是 20 年。但是，每每想起那近五年的人生亲历、青春的梦想、迁途的鸟儿、难忘的风情和那动荡的日子，一直不能让我释怀。

　　如果说，两地的生态坐标，是一张张嵌刻在美丽大地上的音符，那生命，那友谊，那经历，那爱情，那家庭，就是一首首迷人的乐章，而翱翔在西伯利亚、昆城、蓝天上的红嘴鸥们，便是那欢快的小夜曲。

　　两年前，我再一次努力地完成这部作品，确定了书名——《戴指环的红嘴鸥》。就是想用这个故事，来讲述我们当年的一次次打拼、一次次挫折、一次次风险、一次次成功；就是想用那一只只美丽、翱翔在天际的精灵——红嘴鸥，牵引出那一段段合作，那一段段友情，那一段段爱恋……来实现一个漫长的情怀——中俄建交 70 周年。

2019 年 3 月 18 日

写于兰州夔察